Perversos, amantes e outros trágicos

Eliane Robert Moraes

PERVERSOS, AMANTES
E OUTROS TRÁGICOS

ILUMI//URAS

Copyright © 2013
Eliane Robert Moraes

Copyright © desta edição
Editora Iluminuras Ltda.

Capa
Eder Cardoso / Iluminuras

Revisão
Jane Pessoa

CIP-BRASIL. CATALOGAÇÃO-NA-FONTE
SINDICATO NACIONAL DOS EDITORES DE LIVROS, RJ

M819p

Moraes, Eliane Robert
    Perversos, amantes e outros trágicos / Eliane Robert Moraes. - São Paulo : Iluminuras, 2013.
    216p. : 23 cm

    Inclui bibliografia
    ISBN 978-85-7321-383-6

    1. Literatura - História e crítica. I. Título.

12-3571.   CDD: 809
                          CDU: 82.09

29.05.12   11.06.12   035949

2018
EDITORA ILUMINURAS LTDA.
Rua Inácio Pereira da Rocha, 389 | 05432-011 | São Paulo/SP | Brasil
Tel./Fax: 55 11 3031-6161
iluminuras@iluminuras.com.br
www.iluminuras.com.br

Para
a Didi
e
o Ivar,
tanta saudade,
quanta lembrança.

Sumário

Apresentação, 13

Perversos

A ingenuidade de um perverso (Vladimir Nabokov), 23

Um olho sem rosto (Georges Bataille), 39

Varas, virgens e vanguarda (Guillaume Apollinaire), 57

O conhecimento do erro (Louis Aragon), 65

O abecedário da perversão (Georges Bataille), 69

Inventário do abismo (Marquês de Sade), 73

O vício em duas versões (John Cleland e Choderlos de Laclos), 79

O filósofo bacante (Georges Bataille), 87

O efeito obsceno (vários autores), 91

Eros canibal (mitos eróticos indígenas), 101

A ética de um perverso (Konstantinos Kaváfis), 107

Amantes

Breton diante da esfinge (André Breton), 113

Amor, sentimento estranho (Octavio Paz), 121

Vestígios de uma ausência (Henry James), 125

A química do amor romântico (Johann Wolfgang Goethe), 129

Devaneios de um amante solitário (Stendhal), 133

As liras de Eros (vários autores), 137

Outros trágicos

Um escritor na arena (Michel Leiris), 145

A mecânica lírica das marionetes (Heinrich von Kleist), 149

Memórias do luto (Giuseppe Tomasi di Lampedusa), 153

As armadilhas da literatura (Juana Inés de la Cruz), 159

O viajante sedentário (Xavier de Maistre), 163

A lucidez insensata (Maurice Blanchot), 169

A medida do impossível (Georges Bataille), 173

Dois pensamentos e um jardim (Georges Bataille e Michel Foucault), 177

Palavra e desrazão (Michel Foucault), 187

Anatomia do monstro (vários autores), 191

"E todo o resto é literatura" (André Breton e Maurice Blanchot), 205

Referências dos textos, 211

Sobre a autora, 215

Apresentação

Em *O laboratório do escritor*, Ricardo Piglia transcreve uma pequena fábula moderna que Brecht teria criado a partir de um caso real. Diz ele:

> Bertold Brecht conta a história de um estudante de filosofia (discípulo excelente de Simmel) que, por responsabilidade familiar, se transforma num bem-sucedido homem de negócios. Na velhice, dedica-se por fim a escrever um tratado de moral, mas quando termina esquece-o num trem. Recomeça o trabalho e incorpora o acaso como o fundamento de seu sistema ético. Fazer da perda o princípio de reestruturação de todo o sistema é (segundo Brecht) uma lição metodológica que só se pode aprender no mundo dos negócios.[1]

Fábula notável — ainda mais porque registrada justamente por quem vive do outro lado da atividade empresarial, como é o caso dos dois escritores —, essa pequena história sobre desejos, perdas e acasos pode ser um bom ponto de partida para esta apresentação, e por mais de um motivo. Antes de tudo, porque um livro como este só vem a lume por obra e risco de um princípio de reestruturação. Como seus congêneres, ele tem a pretensão de reunir o que estava, por assim dizer, perdido — quer no tempo, na memória da autora ou em algum fundo de gaveta de seu computador. São resenhas, ensaios e intervenções de origens distintas, redigidos durante um quarto de século como resposta a demandas de vários tipos e a motivações igualmente diversas.

A decisão de publicar tal conjunto implicou, portanto, uma série de visitas aos porões fictícios onde se acumula — sob o risco de se perder — toda nossa produção intelectual que um dia chegou à forma escrita. Nos últimos meses, ao vasculhar essa espécie muito particular de depósito, onde as construções imaginárias, que são os

---

[1] PIGLIA, Ricardo. *O laboratório do escritor*. Josely Vianna Baptista (trad.). São Paulo: Iluminuras, 1994, p. 61.

textos, se acham dispersas e embaralhadas, descobri mais páginas do que imaginava encontrar a princípio, acenando um eloquente convite ao trabalho de organização e de seleção. Para aceitá-lo, era preciso descobrir um nexo oculto no meio daquela bagunça. Ou, para evocar a lição do personagem de Brecht, era preciso reencontrar o que ficara ali perdido a partir de um novo princípio, de modo a fazer aflorar um sentido de conjunto.

Parte significativa de meus escritos dispersos das últimas décadas já havia sido reunida em *Lições de Sade — Ensaios sobre a imaginação libertina*, publicado no ano de 2006 por esta mesma editora. A rigor, a primeira intuição de *Perversos, amantes e outros trágicos* surgiu justamente quando, ao selecionar os trabalhos que viriam a integrar a coletânea dedicada ao Marquês de Sade, deparei com um ou outro artigo que me chamavam a atenção, mas que era obrigada a descartar por não caberem num título de tema tão circunscrito. Foi assim, meio ao acaso, que um novo conjunto começou a ser gerado, ainda sem qualquer pretensão de unidade.

É verdade que muita coisa ficou de fora da atual coletânea. Houve textos que, relidos, pediam mais mudanças do que seria o caso fazer para um volume como este. Outros, mais recentes, foram deliberadamente postos de lado por estarem relacionados às minhas pesquisas atuais em torno da literatura brasileira, deixando no horizonte a promessa de uma publicação futura. Houve ainda exclusões motivadas pela dificuldade de alinhar alguns artigos à chave de leitura que, pouco a pouco, foi se desenhando para dar uma identidade ao livro, sem dúvida menos explícita e coerente que a do título anterior.

Escusado dizer que a procura dessa nova chave demandou alguma atenção aos movimentos de uma trajetória intelectual que se fez não só ao sabor dos desejos, mas também — e muito — ao sabor das perdas e dos acasos. Não é o caso, no espaço desta apresentação, de remontar aos diversos passos dessa trajetória, mas antes de atentar ao fato de que seus deslocamentos reverberam de forma intensa neste volume.

Além disso, muito do que se comenta aqui gravita igualmente em torno de desejos, perdas e acasos, a começar pelos escritos de certa geração francesa, formada por autores das primeiras décadas do século XX, que tem presença marcante nesta coletânea. Apollinaire, por exemplo, no empenho de conquistar uma via de acesso ao achado, elevou a perda a estatuto de método; do mesmo modo, Aragon transformou sua errância noturna pelas ruas da Paris dos anos 1920 em caminhos de conhecimento; assim também, Bataille se abandonou à desmedida da escrita erótica, perdendo-se em suas derivas para divisar o avesso de seu próprio rosto. Em certo sentido, o que parece reunir esses escritores é o obstinado desejo de fugir das rotas habituais do pensamento para permanecer naquele *état de surprise* que o mesmo Apollinaire reivindicava como a grande novidade dos artistas de vanguarda. Com efeito, cada qual à sua maneira, todos eles se entregaram aos mistérios da vida moderna, para professar uma disposição de espírito que se traduz nas noções de "encontro fortuito" e de "acaso objetivo" formuladas por Breton em perfeita sintonia com a paisagem sensível de sua geração.

Deslizamentos entre desejos, perdas e acasos não se limitam, porém, aos nomes do surrealismo francês e se evidenciam ainda em outros autores presentes no volume. O que dizer, por exemplo, desse teatro da ruína que é *O gattopardo* de Lampedusa, cujo personagem principal se empenha em inventariar as irremediáveis perdas de uma aristocracia agonizante para que "tudo permaneça como está"? Ou, então, do melancólico aspirante a pintor que protagoniza a novela *A madona do futuro*, de Henry James, cuja decantada obra-prima, que lhe custou uma existência inteira, se reduz por fim a uma patética tela vazia? Ou, para citar só mais um caso, do viajante sedentário de Xavier de Maistre, que se vale de um inesperado princípio de reestruturação ao transformar sua reclusão forçada em ocasião propícia à liberdade da imaginação?

* * *

Desnecessário citar outros exemplos daquilo que o leitor encontrará, mais desenvolvido, nas páginas que se seguem. A rigor, o que foi dito até o momento tem menos o objetivo de justificar esta ou aquela presença no livro do que sugerir a particularidade do ponto de vista que permitiu reuni-las no mesmo espaço. Como somos, nós mesmos, parte do que escrevemos, o olhar que lançamos aos nossos objetos de estudo por certo representa um elemento decisivo na sua constituição. Não é diferente o que acontece com os textos destes *Perversos, amantes e outros trágicos*, que reivindicam para si um traço marcante dos seus temas e autores de eleição, sintetizado aqui na ideia de desvio.

Mais que ideia, aliás, o desvio é um modo de pensar — e talvez o modo de pensar por excelência da literatura. Seu funcionamento requer a obliquidade do olhar, a reviravolta do raciocínio, a atenção flutuante ou qualquer outra manobra que caiba naquela disposição de pensamento tão bem nomeada por Clarice Lispector como "distração fingida". Trata-se, pois, de abordar os objetos dos quais nos ocupamos pelas tangentes, buscando divisá-los pelas brechas e conhecê-los pelas bordas.

Desviar significa apartar, extraviar, desencaminhar. Percebe-se aí, de imediato, um impulso de distanciamento, e talvez não seja por acaso que, na língua de Sade e de Laclos, haja uma só palavra — *écart* — para designar tais operações, não raro sujeitas a uma inflexão perversa nas mãos desses autores. Significante intenso na literatura libertina, o desvio é de fato sinônimo de perversão para os personagens devassos, muitas vezes ocupados com a tarefa de desencaminhar seus pupilos, afastando-os da boa moral e dos deveres para com a sociedade. Mas ainda que a fantasia licenciosa autonomize um dos sentidos da palavra para submeter os outros à sua ótica central e soberana, o modo de pensar libertino não é o único que se desenha por inclinações desviantes. Afinal, alinha-se a essa chave todo pensamento que opera por meio de fugas, descaminhos e extravios, demarcando invariavelmente alguma diferença.

Não surpreende, pois, que este livro dedique um de seus capítulos à tópica dos "desvios da natureza", para adiantarmos a expressão com que Bataille designa as criaturas monstruosas. Alheio às leis universais que se impõem aos gêneros, o monstro obedece tão somente ao imperativo da diferença, sendo irredutível a toda e qualquer generalização. A imaginação teratológica representa, portanto, uma vigorosa via de acesso às expressões que interrogam a potência do particular, não raro fazendo lembrar que cada sujeito concreto é, sem exceção, um desvio em relação ao ideal genérico e universal de "homem". Degenerados por excelência, libertinos e monstros se encontram no imaginário literário para associar em definitivo a noção de desvio ao reconhecimento do singular.

Tal é igualmente a perspectiva que orienta as interpretações propostas neste trabalho, também elas se valendo de desvios para abordar a singularidade de seus autores, personagens e temas. Desvia-se, antes de tudo, de uma habitual leitura "de conteúdo" que pode engendrar tanto o veto da censura quanto a euforia da adesão. Vale lembrar que obras consideradas depravadas ou escandalosas — de que são exemplos muitos livros aqui citados — costumam ser alvos frequentes desse tipo de leitura, não raro provocando interpretações extremadas.

Há quem, de um lado, opta por professar uma adesão absoluta às ideias do suposto "autor maldito", transformando-as no prisma único e soberano através do qual se pode julgar tudo e todos. Essa espécie de culto — que supõe a crença em individualidades excepcionais, integrando a galeria dos gênios e dos loucos — normalmente se faz acompanhar de ações catárticas, gerando uma obstinada militância contra a razão. De outro lado, numa via diametralmente oposta, há quem julga poder esclarecer toda e qualquer opacidade textual, na tentativa de impor uma racionalidade forçada aos enunciados do insondável. O excesso de luzes desses arautos da razão, porém, com frequência termina por ofuscar o que é mais precioso na imaginação desviante.

Como, então, abordar um grupo de escritores que, embora heterogêneo, se reúne neste espaço pela intensidade com que interroga o desvio, seja em seus contornos mais sutis, como Kleist, seja naqueles mais abjetos, como Bataille? É esse o desafio enfrentado nas páginas que se seguem, determinadas a recusar a perspectiva mistificadora, mas sem ceder às armadilhas de um iluminismo excessivo que só faz obscurecer os mistérios do negativo. Para tanto, foi preciso reiterar a opção pelo olhar oblíquo, sinuoso e lateral, sem o qual talvez seja mesmo impossível abordar não só as obras estudadas neste livro, mas toda a literatura. Em resumo, o que se pretende aqui é, sobretudo, realizar uma leitura comprometida com a forma literária.

Eliane Robert Moraes

* * *

Nos ensaios e resenhas agrupados sob a rubrica "Perversos", que compõe a primeira parte da coletânea, o foco está no exame de dimensões textuais que vem desmentir os discursos mais correntes sobre a perversão. Questão delicada, pois, se a literatura representa uma força de resistência aos lugares comuns e às ideias feitas, a intenção de rever a imaginação perversa sob novos prismas coloca em pauta problemas não só de ordem estética, mas também de ordem ética e moral. Como, então, levar em conta as razões do pervertido? Como oferecer abrigo às suas fantasias? Como compreender a qualidade de sua alegria e de sua dor? Como, enfim, aceitá-lo do "nosso" lado?

Questões como essas ecoam em diversos textos que, longe de esgotar o assunto, ademais inesgotável, buscam desdobrá-las na tentativa de reconhecer aqueles estados extremos do sentimento e da consciência humana de que só a arte consegue se ocupar. Esboça--se aí uma sintonia com a convicção batailliana de que "a literatura, sendo inorgânica, pode dizer tudo", insinuando que a experiência do perverso, quando tornada matéria de ficção, oferece ao leitor a possibilidade de alargar a escala humana para além da vida social. Daí o imaginário cruel e inquietante que põe em xeque nossa noção de humanidade, tal como se lê em romances como *Os 120 dias de Sodoma, Fanny Hill* ou *História do olho*. Daí, igualmente, que a perturbadora figura do perverso apareça aqui associada aos atributos inesperados da ingenuidade, como no personagem de Nabokov, ou da ética, como proposto por Kaváfis.

Não é muito distinto o que ocorre nos artigos da segunda parte, eles também pautados pela intenção de deslocamento do olhar crítico. Aliás, os próprios "Amantes" em questão parecem por vezes deslocados na chave que os abriga, e não sem razão: nesses textos, o discurso amoroso é quase sempre posto à prova por outros discursos que lhe servem de contraponto, no mais das vezes, de matizes perversos. A utopia solar do "casal original" de Octavio Paz é examinada, então, à luz do patético "amor inativo" de Flaubert, do mesmo modo como o Eros melancólico e meditativo dos fragmentos de Safo é confrontado com a retórica sexual sem reservas dos poetas reunidos por José Paulo

Paes em sua *Poesia erótica em tradução*. Até mesmo as apologias do amor romântico de Goethe ou de Stendhal são, de alguma forma, cotejadas com seu avesso, como se houvesse sempre um olho libertino à espreita, para lembrar que seu ponto de vista deve ser levado em conta.

O leitor por certo perdoará à autora essa impertinência de ofício, sobretudo ao recordar que estas páginas foram escritas por uma frequentadora contumaz da obra sadiana. Daí também que a menção libertina reapareça em "Outros trágicos", terceira parte do volume, quando a cela de Sóror Juana Inés de la Cruz sê vê subitamente comparada àquela da Bastilha onde viveu o devasso marquês. Em que pese tal aproximação, aí episódica, esses dois autores talvez estabeleçam os extremos percorridos neste estudo, assim como os parâmetros da noção de tragédia referida no seu título. Pois o trágico, nesse caso, implica tanto aquela "experiência radical da linguagem" que Foucault reconhece nas escritas do desvio e do risco, quanto uma disposição, igualmente radical, diante da vida.

Isso explica por que a última parte de *Perversos, amantes e outros trágicos* se inicia com um texto sobre o notável ensaio *O espelho da tauromaquia*, onde Michel Leiris evoca o "espírito da tragédia" para atualizar a conhecida concepção nietzschiana. Contemporâneo de Bataille, de Breton, de Blanchot e de vários outros autores que comparecem neste livro, o escritor francês parte de um diagnóstico sombrio de sua época, ao denunciar a incapacidade moderna de criar lugares onde "o homem tangencia o mundo e a si mesmo" para se pôr "em contato com o que há em cada qual de mais profundamente íntimo, de mais quotidianamente turvo e mesmo de mais impenetravelmente oculto". Palavras breves, mas categóricas, que talvez possam dar uma ideia da qualidade da imaginação trágica que é aqui convocada. Não se trata, pois, de reafirmar a tragédia no lugar elevado que lhe concede a retórica desde Aristóteles, mas antes de surpreender o elemento trágico na paisagem prosaica e rebaixada da modernidade que, não raro, chega a ofuscar suas diferenças com o cômico.

Seria difícil — e até mesmo impróprio — avançar para além desse ponto e tentar dizer mais de um livro que fala de amor e de canibalismo, de bordéis e de jardins, de monstros e de marionetes — e de tantas outras tópicas passíveis de se alinhar à *hybris* destes perversos, amantes e trágicos. Afinal, ao término de uma apresentação que gravitou em torno dos desvios, talvez seja o caso de fazer valer um velho princípio de reestruturação e transferir ao leitor a tarefa de encontrar, ao longo destas páginas, uma unidade que teima em se perder.

* * *

Devo a realização deste volume a muitas pessoas, e a todas elas expresso aqui minha gratidão, em particular aos editores, diretores de coleções e organizadores de coletâneas que me incitaram a este ou aquele texto. Também agradeço de coração aos familiares e amigos que me acompanharam ao longo desses anos e que se tornaram cúmplices não só dos escritos aqui publicados, mas também das histórias e dos sentimentos que lhes deram moldura. Este livro não teria vindo a lume sem essas presenças definitivas em minha vida, sobretudo nos últimos anos quando o princípio da perda se converteu em insondável experiência do luto.

Nesses tempos difíceis, descobri que a solidariedade atende por vários nomes, entre os quais estão os de Dora Paes, Mariza Werneck e Mara Caffé, a quem expresso todo o meu reconhecimento. Agradeço também ao Martim, por uma amizade que veio para ficar; e ao Tonico, à Monica e ao Xavier, pela madrugada do dia 4 de janeiro, que selou uma cumplicidade para toda a vida.

Sou infinitamente grata ao Iuri, à Beth e ao Lars por me ensinarem que a travessia da noite só se faz passo a passo — e de mãos dadas. Por isso mesmo, e por muito mais, registro minha enorme gratidão a três pessoas com quem sigo junto, partilhando caminhos e sentidos: ao Ivan, que chegou enteado e virou filho; à Maíra, que chegou filha e virou parceira de vida; e ao Fernando, que chegou paixão, e assim ficou.

Eliane Robert Moraes
São Paulo, janeiro de 2013

Perversos

A ingenuidade de um perverso

Em abril de 1947, Vladimir Nabokov envia uma carta ao amigo Edmund Wilson, na qual confidencia: "Estou escrevendo dois textos agora: 1. um pequeno romance sobre um homem que gostava de menininhas — que vai se chamar *The kingdom by the shore* —; e 2. um novo tipo de autobiografia — um esforço científico de desenredar e reorganizar os fios emaranhados de uma personalidade — cujo possível título é *The person in question*".[1] Lado a lado, o romance que viria a celebrizar o autor e sua igualmente famosa autobiografia — ambos publicados em meados da década de 1950 sob novos títulos — pareciam ser fruto de algum pacto secreto na mente de seu criador.

De fato, algumas convergências entre *Lolita* e *Speak, memory* são evidentes, a começar pelo fato de que os protagonistas dos livros realizam, ambos, um intenso acerto de contas com o passado. Em que pesem todas as diferenças entre os dois personagens — acrescidas do fato de apenas um deles ser declaradamente ficcional —,[2] tanto num caso como no outro o texto se organiza a partir de reminiscências, nas quais a infância tem um papel central, ainda que de formas bem distintas. Entre a singela criança que o escritor russo foi e a lasciva ninfeta por ele concebida, porém, há mais afinidades do que se pode perceber à primeira vista.

Uma possível chave para se abordar essa relação é sugerida pelo próprio autor, não por acaso precisamente no capítulo de

---

[1] Boyd, Brian. "Introduction" in Vladimir Nabokov. *Speak, memory — An autobiography revisited*. Nova York: Alfred A. Knopf, 1999, p. 9. Optamos por manter, nas referências a esse livro, seu título definitivo em inglês, embora as citações remetam à tradução brasileira, realizada por Sergio Flaksman e intitulada *A pessoa em questão — Uma autobiografia revisitada* (São Paulo: Companhia das Letras, 1994).

[2] Não se deve esquecer que, além de seu estilo fortemente poético, vários capítulos de *Speak, memory* foram primeiro apresentados como textos ficcionais e não autobiográficos, o que reforça o caráter híbrido do livro. Sobre esse vaivém entre ficção e memórias em Nabokov, consultar o ensaio de Maurice Couturier, *Nabokov ou la tyrannie de l'auteur*. Paris: Seuil, Col. Poétique, 1993, especialmente as pp. 357-67.

Speak, memory em que relata sua primeira paixão adolescente, vivida aos dezesseis anos de idade, ainda na mítica São Petersburgo. Transcorridas mais de três décadas, o escritor recorda os momentos mágicos partilhados com a menina Tamara, evocando o passado com grande ternura e sem qualquer tom de lamento. A nostalgia inaugura, portanto, um tempo forte na sua existência, como ele testemunha: "a ruptura em meu destino me propicia, em retrospecto, um prazer sincopado que eu não trocaria por nada desse mundo. Desde aquela troca de cartas com Tamara, a saudade é, para mim, uma atividade sensual e particular".[3]

Assim concebidas, as reminiscências parecem resistir àquela carga afetiva que, sendo própria de tudo o que se perde de forma irremediável, costuma permanecer como um peso por vezes insuportável. Ao contrário, o olhar retrospectivo de Nabokov prefere valer-se "das lentes cuidadosamente limpas do tempo" para conjurar a dor das perdas, que o exílio por certo só fez ampliar. Sem deixar de registrar essa dor, nem tampouco o sentimento de tristeza suscitado pelas lembranças, o escritor consegue perceber também algum ganho, pessoal e literário, decorrente das sucessivas separações que lhe foram impostas. Ao revisitar aqueles "dias distantes cuja luz alongada teima em encontrar maneiras surpreendentes de chegar até onde me encontro",[4] há sempre o esforço de presentificar a intensidade do passado, de tal forma que o presente ganha uma densidade insuspeitada, a matizar sua vocação para o efêmero.

A luz do pretérito nunca cede, nas rememorações do escritor russo, às imagens das trevas, nem tampouco às demais metáforas da morte com que se costuma "enterrar o passado". Ao contrário, ela teima em manter seu brilho nessas recordações, levando o autor a compor aquela imagem duradoura sem a qual nenhuma autobiografia consegue estabelecer um elo sensível entre passado e presente. Ora, importa aqui ressaltar que esse poder mental de dispor da experiência vivida para além dela mesma não distingue apenas as memórias de Nabokov, cabendo também para singularizar as tocantes confissões de Humbert Humbert.

Dizendo de outro modo: o que parece haver em comum entre a autobiografia e o romance é um intrincado jogo entre passado

---

[3] Nabokov, Vladimir. *A pessoa em questão — Uma autobiografia revisitada*, op. cit., p. 224.
[4] Idem, ibidem, p. 104.

A ingenuidade de um perverso 25

e presente, no qual adulto e criança podem, de diversas maneiras, intercambiar seus respectivos papéis. Aliás, é justamente esse jogo que, realizado na linguagem, permite aproximar a infância e o erotismo, seja na sutil conjugação entre a sensualidade e a saudade tal como exposta em *Speak, memory*, seja no escandaloso casal que se forma diante do leitor de *Lolita*.

De momento vale assinalar que a matriz de uma linguagem a um só tempo infantil e sensual já se impõe desde as primeiras linhas do romance, na apaixonada evocação de Humbert Humbert que constitui uma das passagens mais delicadas da erótica literária:

> Lolita, luz de minha vida, labareda em minha carne. Minha alma, minha lama. Lo-li-ta: a ponta da língua descendo em três saltos pelo céu da boca para tropeçar de leve, no terceiro, contra os dentes. Lo. Li. Ta.[5]

Passagem notável, sem dúvida, uma vez que apela para o ato pueril de soletrar um nome ao mesmo tempo que desvela seu erotismo latente.

Sabemos que quem soletra aqui, saboreando a palavra na ponta da língua, não é uma criança e sim um homem maduro que, ao confessar sua perversão, representa mais que qualquer outro a antítese da infância. Porém, como Nabokov sempre nos convida a suspeitar das aparências, cumpre olhar também o perverso sob novas lentes.

* * *

Embora o romance *Lolita* tenha se celebrizado por colocar em evidência a figura da ninfeta, não deixa de ser notável a complexidade com que elabora a imagem do perverso. Humbert Humbert é um personagem construído sobre paradoxos: se, de um lado, ele insiste em se definir como um pervertido, de outro, ele jamais corresponde à caricatura do *tarado* — ou, se preferirmos seu equivalente contemporâneo, do pedófilo —, sendo que tais estereótipos são postos em xeque ao longo de todo o livro.

Tome-se, por exemplo, a escassez de referências corporais sobre o melancólico protagonista. Se a figura do pervertido costuma, no

---

[5] NABOKOV, Vladimir. *Lolita*. Jorio Dauster (trad.). São Paulo: Companhia das Letras, 1994, p. 13.

mais das vezes, ser reduzida aos irrefreáveis impulsos eróticos de seu corpo, no caso de *Lolita* o que ocorre é bem diverso. O texto chega a surpreender pela economia com que descreve as sensações físicas do personagem: o corpo aqui resta sempre como um fantasma que, vez por outra, emerge de seu silêncio para fazer uma aparição fugidia e, quase sempre, em situações pouco erotizadas. A rigor, nesse romance de forte apelo erótico, o corpo do pervertido é raramente sexualizado.

Prova disso encontra-se no final da primeira parte do livro, quando Humbert Humbert está prestes a entrar no quarto de hotel em que, pela primeira vez, dormirá lado a lado com Lolita. Ou, como ele prefere sintetizar, valendo-se de uma prosaica expressão francesa: "*So this was le grand moment*".[6] Minutos antes de abrir a porta do aposento, e tomado por forte angústia, o personagem descreve suas sensações: "a tensão começava a se tornar mais intensa. Se uma corda de violino é capaz de sentir dor, então eu era essa corda". Uma vez lá dentro, preparando-se para deitar ao lado de sua ninfeta, ele alude ao "corpo tenso à beira do abismo, como aquele alfaiate que há quarenta anos, com seu paraquedas de fabricação caseira, pulou do alto da torre Eiffel".[7]

Por fim, já na beirada da cama, paralisado diante de sua bela adormecida, Humbert é assaltado por uma forte azia: "um ataque de azia (*grand Dieu*, eles dizem por aqui que essas batatas são fritas à francesa!) vinha somar-se a meu desconforto".[8]

Seria redundante citar as outras passagens em que nosso herói alude a tais incômodos, sem dúvida bem mais frequentes que qualquer imagem de prazer corporal — estas quase sempre ocultas nas entrelinhas do romance. Contudo, talvez valha a pena remeter ainda a um outro momento em que ele se refere a sensações físicas desagradáveis, o qual permite estabelecer um paralelo entre sua condição de *pervertido* e sua situação de prisioneiro. Trata--se do menor capítulo do livro, que se reduz a um só parágrafo de poucas linhas:

[6] Idem, ibidem, p. 140.
[7] Idem, ibidem, p. 145.
[8] Idem, ibidem, p. 147.

A ingenuidade de um perverso 27

> Preocupa-me a dor de cabeça diária no ar opaco dessa prisão tumular, mas tenho de perseverar. Escrevi mais de cem páginas e não cheguei ainda a lugar nenhum. As datas se confundem em minha memória. Isso deve ter acontecido por volta de 15 de agosto de 1947. Acho que não posso continuar. Coração, cabeça... tudo. Lolita, Lolita, Lolita, Lolita, Lolita, Lolita, Lolita, Lolita, Lolita. Tipógrafo, repita, por favor, até preencher toda página.[9]

De fato, o breve capítulo parece sintetizar a atmosfera de opressão em que vive Humbert Humbert, clima que se expande do corpo para todas as outras dimensões de sua pessoa, para consumi-lo de uma forma absoluta — "coração, cabeça... tudo". Passagem notável que demanda um pouco mais da nossa atenção.

"Escrevi mais de cem páginas e não cheguei a lugar nenhum" — vale dizer que nesse momento o leitor já está quase no meio do romance, o que sugere uma circularidade narrativa à qual corresponde também um sujeito parado, deslizando no mesmo lugar. Ou seja, embora se possa narrar a história de Lolita no tempo — o livro não deixa de ter um começo, meio e fim —, a perspectiva cronológica pouco interessa. No fundo, trata-se de uma história sem progressão: não se chega a lugar nenhum.

Daí que a referência temporal precisa ("15 de agosto de 1947") pareça existir unicamente para ser contrastada — e até mesmo desmentida — por esse tempo circular em que tudo se repete. Daí também a insistência de Humbert no mote da repetição: "Lolita, Lolita, Lolita, Lolita", até o ponto de implorar a ajuda do tipógrafo: "repita, por favor, até preencher toda página". Vislumbra-se aí a mesma exigência de repisar um motivo, que de certa forma demanda exaustão, embora nunca se complete. Preenchida uma página inteira, sempre resta a seguinte — e assim sucessivamente.

* * *

Vale a pena explorar uma hipótese: a prisão onde o narrador está recluso — essa prisão exterior representada pela cadeia — oferece uma imagem potente da sua prisão interior. Nela, como sabemos, tudo se repete. Nela, o personagem se encontra sempre no mesmo

[9] Idem, ibidem, p. 125.

lugar, como que paralisado. Vale lembrar que o pervertido de *Lolita*, longe de ser a pessoa que se abandona livremente à transgressão, é por definição um homem preso. Diferentemente dos libertinos de Sade — que gozam de toda liberdade nos seus corpos ostensivamente sexualizados —, Humbert Humbert é um sujeito confinado, de corpo e alma, "cabeça, coração... tudo".

Que prisão é essa que retém o personagem de Nabokov no mesmo lugar físico e mental?

Uma possível resposta seria: é a infância. Com efeito, como já observou Silviano Santiago, o pedófilo se caracteriza por ser aquele que jamais esquece a própria infância — que dela não se liberta — e nesse sentido o protagonista do livro é exemplar.[10] Aliás, em uma das suas diversas digressões sobre o passado, Humbert confessa que "talvez jamais teria existido uma Lolita se, em certo verão, eu não houvesse amado uma menina primordial".[11] Fixado nos jogos amorosos infantis, ele segue vida afora em busca do objeto de amor perdido na infância: sua adorada Annabel Leigh, que morre ainda criança. Já adulto, ele procura obstinadamente as reproduções desse "original" que ficou no passado — quer dizer, quando *conhece* Lolita, na verdade ele a *reconhece*. Ou, como ele testemunha: "Era a mesma criança — os mesmos ombros frágeis cor de mel, as mesmas costas flexíveis, nuas e sedosas, os mesmos cabelos castanhos", para concluir que "os vinte e cinco anos que vivi desde então reduziram-se a um ponto latejante, e se desvaneceram".[12]

Fixação na infância que, por certo, se evidencia na própria concepção de ninfeta — e mais ainda na ninfeta que morre, uma vez que a garota morta não envelhece, permanecendo eternamente criança.[13] Trata-se, pois, de um sujeito que não supera o estado primeiro e primitivo de inocência e torna-se, em definitivo, prisioneiro de seu imaginário infantil. É, portanto, a partir dessa chave que podemos compreender melhor a inesperada frase com que Humbert

---

[10] Conforme Silviano Santiago, "O pequeno demônio de Nabokov", São Paulo, *Folha de S.Paulo*, 18 abr. 1999. Caderno Mais!

[11] NABOKOV, Vladimir. *Lolita*, op. cit., p. 13.

[12] Idem, ibidem, p. 47.

[13] Figura recorrente no romance, a menina morta é evocada na Annabel Leigh de Humbert Humbert que, por sua vez, faz menção à Annabel Lee do poema de Edgar Allan Poe, e também à jovem esposa do poeta, Virginia Clemm. Mortas em tenra idade, todas elas oferecem o paradigma de Lolita, que desaparece tão nova quanto suas inspiradoras.

Humbert se define, ainda no início do livro: "de minha parte, eu era tão ingênuo como só um pervertido pode ser".[14]

Inesperada porque a associação do perverso ao ingênuo vem aproximá-lo novamente da infância. Afinal, por ser um sujeito que não pôde atualizar o tempo, ele permanece preso a um tempo original que o retém de corpo e alma. Por tal razão, ao criar um personagem com tais características, Nabokov realiza uma notável torção de sentidos, invertendo os significados convencionais: a rigor, a criança da história não é a ninfeta, mas sim o perverso.

Desnecessário recordar que, para reforçar tal hipótese, é Lolita quem seduz o frágil Humbert, que, no *grand moment*, aparece abatido pelo temor, pelas dores e pela azia. Desnecessário lembrar ainda o espanto do perverso ao tomar conhecimento das atividades nada castas levadas a termo no rancho de seu concorrente Clare Quilty — como revelam suas próprias palavras: "Eu simplesmente não podia imaginar (eu, Humbert, não podia imaginar!) as coisas que eles faziam no Duk Duk ranch".[15] Ele, Humbert, o ingênuo, a criança da história...

* * *

O confinamento na infância faz de Humbert um prisioneiro antes mesmo de sua reclusão na cadeia. Mais que simples hipótese, essa ideia ganha um sentido profundo e particular quando evocamos a desconcertante imagem que, segundo Nabokov, está na origem de seu romance:

> Senti a primeira palpitação de *Lolita* em Paris, em fins de 1939 ou começo de 1940, quando estava acamado com uma séria crise de nevralgia intercostal. Tanto quanto me recordo, o frêmito inicial de inspiração foi de alguma forma provocado por certo artigo de imprensa sobre um macaco no Jardin des Plantes, o qual, após ser persuadido durante meses por um cientista, enfim produziu o primeiro desenho feito por um animal: nele só apareciam as grades da jaula da pobre criatura. Esse impulso não tinha nenhuma conexão textual com a linha de pensamento por ele suscitada, da qual resultou, entretanto, o protótipo de *Lolita*.[16]

[14] NABOKOV, Vladimir. *Lolita*, op. cit., p. 31.
[15] Idem, ibidem, p. 312.
[16] Idem, ibidem, p. 349.

Curioso notar que, ao confinamento do próprio autor — retido na cama por conta de uma forte nevralgia — acrescenta-se o confinamento radical do macaco na jaula, ambos reclusos num mesmo lugar. No caso do animal, a situação é radicalizada, configurando a imagem mais categórica de uma prisão: na jaula, onde quer que olhe, ele vê sempre a mesma coisa: as grades que o cercam. Reclusão absoluta do corpo que limita sua percepção, levando-o a desenhar tão somente a gaiola que o encerra.

Assim, o testemunho de Nabokov aproxima em definitivo o personagem Humbert Humbert do macaco do Jardin des Plantes, tenha ele existido ou não, corroborando a hipótese de que o homem preso é um duplo do homem aprisionado por suas fantasias infantis.[17] De fato, não é difícil associar o sujeito que escreve suas memórias no cárcere ao animal que desenha as grades da sua própria jaula.

Porém, como a prisão do perverso não se reduz a um espaço exterior, tal como acontece com o macaco, para explorar suas dimensões interiores o autor é obrigado a lançar mão de recursos menos previsíveis e pouco convencionais. Com efeito, para traduzir o estado físico e mental de seu personagem, Nabokov se vale de uma liberdade linguística impar, como se não bastasse uma só língua para realizar tal tarefa. A começar pelo fato de ser esse um livro escrito em inglês por autor russo, e publicado originalmente na França. Ou então pelo abundante número de citações francesas do texto. Ou, mais ainda, pela capacidade do escritor de ampliar tais possibilidades. Leia-se, por exemplo, esta curiosa passagem do romance: "Apertei a campainha, que fez vibrar cada um de meus nervos. *Personne. Je resonne. Repersonne.* De que profundezas brotava aquela rebobagem?".[18]

Jogando o tempo todo com o duplo da língua, o escritor expande seus limites e alarga suas fronteiras para enfim revelar suas dimensões mais fantasmáticas. O fato de seu herói chamar-se Humbert Humbert só vem corroborar essa ideia, já que o próprio nome é passível de

---

[17] O tema do duplo é central em Nabokov, como fica evidente já no nome do protagonista de *Lolita*, Humbert Humbert, e também na figura de seu concorrente Clare Quilty — nome que joga com os termos "claro" e "culpado" (*guilty*, em inglês), designando um personagem muitas vezes identificado à penumbra e à sombra, outra derivação do duplo. Remeto, nesse sentido, aos livros de Michael Wood (*The magician's doubts — Nabokov and the risks of fiction*. Princeton: Princeton University Press, 1995) e Jean Coutourier (*Lolita*. Paris: Autrement, 1998, Col. Figures Mythiques), que abordam o tema de forma rigorosa.

[18] NABOKOV, Vladimir. *Lolita*, op. cit., p. 304.

A ingenuidade de um perverso 31

desdobramentos fonéticos, evocando tanto o *hombre* espanhol quanto a *ombre* francesa — para compor um personagem que é a um só tempo o homem e sua sombra. Valendo-se desse claro-escuro, Nabokov consegue criar uma língua erótica que deixa o sexo em suspenso, bem de acordo com as convicções de seu pervertido, que afirma "não estar nem um pouco preocupado com o que se possa chamar de 'sexo'".[19]

Trata-se, pois, de uma língua outra que já não é mais o inglês. Vale notar, nesse sentido, que os estudiosos da obra são unânimes em observar que o inglês americano do autor não deixa de denunciar sua condição de estrangeiro, não obstante todos se surpreenderem com seu domínio do idioma. Para Nabokov, porém, trata-se de "um inglês de segunda categoria, desprovido de todos os acessórios — o espelho de truques, o pano de fundo de veludo preto, as tradições e associações implícitas — de que o ilusionista local, com as abas do fraque a voar, pode valer-se magicamente a fim de transcender tudo o que lhe chega como herança".[20]

A verdade é que *Lolita* nos coloca diante de uma língua sincrética, artificial, imaginária. Uma vez desobrigado das convenções que o "ilusionista local" deve obedecer, o escritor se serve dessa língua como se tivesse em mãos um brinquedo e, tal qual uma criança, ele a explora à vontade para traduzir vivências eróticas arcaicas, descobertas quando as primeiras palavras perfuraram o silêncio da infância.[21]

* * *

Infância, sexo, linguagem — é tão difícil associar a saga do perverso Humbert Humbert à vida do menino Vladimir Nabokov quanto desconhecer os paralelos que se traçam nas entrelinhas de *Lolita* e de *Speak, memory*. À diferença ostensiva que separa os dois

---

[19] Idem, ibidem, p. 152.

[20] Idem, ibidem, p. 356.

[21] Vale aqui uma menção a Walter Benjamin, que associa o brinquedo à atividade sonhadora que possibilita às crianças "recuperar o contato com um mundo primitivo" (In *Obras escolhidas*. São Paulo: Brasiliense, 1985, pp. 252-3). Segundo o filósofo, o ato de brincar comporta uma "obscura compulsão da repetição" que "não é menos violenta nem menos astuta na brincadeira que no sexo". Assim, também, Benjamin reconhece que o "fetichismo da boneca" pode animar tanto os devaneios da criança quanto as fantasias do fetichista (In *Reflexões: a criança, o brinquedo, a educação*. São Paulo: Summus, 1984, p. 98). Percebe-se, nessa relação entre a brincadeira infantil e a erótica, um princípio semelhante ao que orienta a atividade lúdica de Nabokov, aproximando-o de seu personagem perverso.

personagens se contrapõe um certo pano de fundo que, embora longínquo e obscuro, permite uma aproximação entre os dois textos.

Assim é que alguns intérpretes relacionam a obsessão do protagonista do romance pelas ninfetas a um breve episódio narrado no sétimo capítulo da autobiografia, dedicado às férias da aristocrática família russa em Biarritz.[22] Não por acaso, a passagem se inicia aludindo à "parte mais escura e mais úmida da *plage*, a parte onde na maré baixa se encontra a areia molhada que mais se presta à construção de castelos".[23] É nesse cenário opaco, movediço e predisposto à fantasia que o escritor conhece, aos dez anos de idade, uma menina chamada Colette.

Essa foi, para nos valermos da expressão de Humbert, a "menina primordial" do garoto Vladimir, posto que o encontro ocorreu em 1909, seis anos antes da paixão adolescente por Tamara. Chama atenção, no relato do episódio infantil, a declarada opacidade das lembranças — efeito raro num autor cuja memória sempre "cintila de nitidez" —, em contraposição às precisas descrições de sensações físicas e detalhes corporais. Os olhos esverdeados, as sardas, os cachos castanhos, o pulso fino, o machucado no antebraço, o pescoço frágil, as pernas compridas, a pele tensa, as cócegas no ouvido, o beijo no rosto — um detalhamento típico de Nabokov, é verdade, mas aqui envolto na espessa névoa do passado, enfatizada quando a garota "desaparece em meio às sombras" da paisagem, deixando-o "preso àquela mecha de iridescência, sem saber ao certo onde *encaixá-la*".[24]

Ora, não é digno de nota que o primeiro título imaginado para *Lolita* tenha sido justamente *The kingdom by the shore*? E também que o episódio de Humbert Humbert com Annabel Leigh tenha ocorrido igualmente numa praia — a mítica Riviera onde as duas crianças descobrem as primeiras sensações do amor? E ainda que a expressão "*a kingdom by the shore*" — traduzida na versão brasileira como "um principado à beira mar" — seja recorrente no romance? Por fim: não seria plausível supor que a ficção oferece ao escritor um lugar onde

---

[22] Veja-se nesse caso a excelente introdução de Brian Boyd a *Speak, memory*, op. cit., e também aquela de Alfred Appel, do mesmo quilate, a *The annotated Lolita* (Nova York: Vintage Books, 1991).

[23] Nabokov, Vladimir. *A pessoa em questão — Uma autobiografia revisitada*, op. cit., p. 132.

[24] Idem, ibidem, p. 135. (Grifos nossos)

essa memória difusa, e essencialmente corporal, pode enfim encontrar seu "encaixe"?

Menos que apontar um fundo autobiográfico no romance — o que teria pouco interesse num escritor para quem "a imaginação é uma forma de memória" —, importa aqui reafirmar que a escrita do autor de *Ada* opera com uma linguagem própria cuja matriz é a um só tempo infantil e sensual. Ora, justamente por ter origem no limbo da infância, mas estar sempre condenada à tradução de um adulto — seja o perverso ou o escritor —, essa linguagem não pode ser outra senão a de um tecido de reminiscências.

Trabalho de texto sobre o tempo, como se lê tanto em *Lolita* quanto em *Speak, memory*. Ou, se quisermos, apelo da escrita à deusa Mnemósine, ela também presente em ambos os livros. Vale lembrar que Nabokov planejava dar o título de *Speak, Mnemosyne* à edição inglesa da sua autobiografia, mas declinou da ideia por acreditar que "as velhinhas não teriam desejo de comprar um volume cujo título não conseguiam pronunciar".[25] Mesmo assim, a invocação da memória vai persistir no título definitivo.

De forma semelhante, Humbert rende homenagem à deusa grega ao evocá-la como "a mais doce, a mais brincalhona das musas!". Valendo-se dessa chave, o personagem conclui a evocação com a lembrança de um antigo ensaio de sua autoria cuja tese central, sobre a origem da memória, é bastante curiosa. Trata-se, segundo sua descrição em tom de zombaria, de um "audacioso voo intelectual" no qual esboçava uma "teoria sobre a percepção do tempo que se baseava na circulação do sangue e dependia conceitualmente (para resumir o troço) de que a mente tivesse consciência não apenas da matéria, mas da sua própria existência".[26]

Brincadeira significativa, a confirmar a hipótese de que corpo e linguagem podem se tornar elementos indissociáveis, e mais ainda quando o texto trabalha com a matéria-prima da infância. Mas é precisamente aí, onde se percebe a maior afinidade entre os dois narradores, que se impõe também sua distinção capital: enquanto um se empenha em "desenredar e reorganizar os fios emaranhados de uma personalidade", o outro se enreda cada vez mais na trama

---

[25] Idem, ibidem, pp. 10-1.
[26] NABOKOV, Vladimir. *Lolita*, op. cit., p. 294.

desses espessos fios que, em certo sentido, reforçam sua condição de prisioneiro.

* * *

Narradores distintos, distintas formas de narrar as respectivas memórias. Se a convergência mais imediata entre os dois livros está no fato de que seus protagonistas realizam um acerto de contas com o passado, uma leitura mais atenta logo revela que cada qual o faz do modo que melhor lhe convém. Ou seja, ainda que ambos pratiquem o gênero autobiográfico, criador e criatura não pactuam as mesmas opções formais.

Lolita é uma confissão. Aliás, não sem ironia, o livro é assim apresentado já na primeira linha do suposto prefácio assinado por um dr. John Ray Jr.: *Lolita — A confissão de um viúvo de cor branca.*[27] Como tal, o relato de Humbert se vincula a uma antiga tradição literária do Ocidente cujos paradigmas foram dados pelas *Confissões* de Santo Agostinho e confirmados mais tarde pelo livro homônimo de Jean-Jacques Rousseau. Nesses textos exemplares, a linguagem assume dupla função, servindo como forma de organização da experiência rememorada mas também como meio de expiação dos erros do passado.

Agostinho deu origem a um modo de falar sobre o sujeito que até hoje permanece como um dos gêneros mais frequentes da literatura moderna, fornecendo um modelo que passou a vigorar tanto em autobiografias quanto em romances confessionais.[28] Talvez a herança mais importante de suas confissões tenha sido a percepção de que uma consciência que se perscruta não pode prescindir da linguagem para redimir as suas faltas, o que veio a estabelecer uma relação intensa entre narração, memória e reparação moral.

Ainda que o faça com o habitual sarcasmo, o protagonista de *Lolita* se mantém fiel a tais convenções, contando sua história de

---

[27] Alfred Appel lembra que a expressão "viúvo de cor branca" remete aos registros de casos psiquiátricos da época, enquanto o título completo parodia o romance confessional libertino de John Cleland, *Memoirs of a woman of pleasure*, de 1749. Nunca é demais recordar que a confissão de Humbert não tem por objeto o crime pelo qual ele foi acusado, o assassinato de Clare Quilty, mas sim seu relacionamento com Lolita.

[28] Ver, nesse sentido, Pete Axthelm. *The modern confessional novel.* New Haven: Yale University Press, 1967.

acordo com esse modelo. É porém digno de nota que, na contramão do perverso, o autor de *Speak, memory* se proponha a narrar suas memórias sem qualquer concessão ao paradigma tradicional. Não afirma ele, na carta a Edmund Wilson, que está escrevendo "um novo tipo de autobiografia"? E não diz ainda que isso exige "um esforço científico" de sua parte, como que recusando as formas de escrita tornadas "naturais" pela tradição?

A autobiografia de Nabokov em nada se aproxima de uma confissão: nenhum erro a reparar, nenhuma falta a expiar, nenhum pecado a demandar arrependimento. Ao invés disso, no intento de investigar a constituição de sua personalidade, o escritor se propõe a reordenar a experiência vivida na infância e na adolescência, estabelecendo elos entre o passado e o presente, entre o tempo da narrativa e aquele da narração. São esses encadeamentos que ele visa a capturar, na tentativa de compor um retrato sensível da "pessoa em questão". Vale lembrar que *The person in question* foi o título original cogitado pelo autor, embora a primeira edição americana do livro, de 1951, tenha sido lançada sob o título *Conclusive evidence* — o que remetia, segundo suas palavras, às "evidências conclusivas de minha passagem pelo mundo".[29]

Assim, se em *Lolita* a linguagem sempre traduz a falta — no duplo sentido de ausência e de erro —, em *Speak, memory* ela se impõe sobretudo como princípio de presença, ostentando sem reservas seu poder de presentificação. Basta comparar o descaso com o corpo do personagem do romance, a reiterar o motivo da falta, com a abundância das vivências físicas rememoradas pelo sujeito da autobiografia, com tal intensidade que até a saudade se transforma em experiência sensual. No limite, é a memória do corpo que fornece a este último a evidência conclusiva de sua existência.

Já nas confissões de Humbert, o brilho da evidência parece dar lugar a um opaco rastro daquilo que foi vivido e resiste à representação. Em certo sentido, vale para *Lolita* o mesmo que Marguerite Yourcenar afirma a respeito dos poemas eróticos de Kaváfis, de forte tom memorial, uma vez que, também no romance, o jogo das reticências e dos resguardos literários "parece indicar, num terreno que permaneceu

---

[29] Conforme Brian Boyd. "Introduction", in Vladimir Nabokov. *Speak, memory — an autobiography revisited*, op. cit., p. 24.

seco, a altura até a qual as águas subiram outrora".[30] Se tal aproximação for mesmo pertinente, é possível interpretar a escassez de referências corporais de Humbert como uma estratégia textual que vem confirmar a filiação do livro ao gênero confessional.

Assim sendo, ao calar a memória do corpo, o relato do perverso termina por justificar sua visada autobiográfica. Condenadas a se manter no pretérito, as principais marcas de sua passagem no mundo não são passíveis de atualização no presente, conformando-se à mera condição de rastro. Ou seja, se comparado à altura que as águas alcançaram no tempo da narrativa, o momento da narração só pode ser imaginado como um terreno seco, onde o frescor do erotismo cede lugar à arquitetura da reparação. Daí que o modelo confessional sirva tão bem a Humbert, pois, excedendo o intento de organizar a experiência vivida, ele se valida como meio de redimir os danos do passado.

Essa chave nos convida a reler as últimas e tocantes frases do romance, que, tal qual um testamento, expõem o derradeiro desejo de seu narrador. Sem lamentar o assassinato do rival, Humbert conclui a confissão em termos categóricos, dirigindo-se à Lolita:

> Era desejável que H.H. existisse pelo menos alguns meses a mais a fim de que você pudesse viver para sempre nas mentes das futuras gerações. Estou pensando em bisões extintos e anjos, no mistério dos pigmentos duradouros, nos sonetos proféticos, no refúgio da arte. Porque essa é a única imortalidade que você e eu podemos partilhar, minha Lolita.[31]

Com essas palavras, Nabokov realiza uma última reviravolta de sentido, instaurando uma temporalidade mítica na narrativa. Mais que simples salto do passado para o futuro, a passagem final remete a um tempo outro, além e aquém de qualquer duração, que apela à eternidade da arte, enfatizando sua função reparadora. O rastro do vivido não mais se confunde com a marca-d'água, deixando de indicar apenas o tamanho da falta para revelar- se na qualidade de "pigmento duradouro", artefato misterioso que mantém vivas as criações de mundos arcaicos e desconhecidos.

---

[30] YOURCENAR, Marguerite. "Apresentação crítica de Konstantinos Kaváfis", in *Notas à margem do tempo*. Rio de Janeiro: Nova Fronteira, 1988, p. 163.

[31] NABOKOV, Vladimir. *Lolita*, op. cit., p. 348.

Redenção pela arte, nada estranha ao leitor que tiver acompanhado a história com atenção e percebido que as tonalidades eróticas da primeira parte tendem a se apagar gradualmente na segunda. Não por acaso, nessa virada modifica-se também o tom do relato, que passa de crônica de uma perversão a uma autêntica história de amor. Afinal, o "sexo nada mais é que subsídio da arte",[32] como pontua Humbert ao reiterar seu desejo de traduzir a erótica por meio da estética, aproximando em definitivo o romance da autobiografia. De fato, não parece ser outro o intento de Nabokov em *Lolita*: se ele condena o corpo do pervertido ao silêncio das entrelinhas, é por certo para melhor realizar a perversão no corpo da própria língua.

---

[32] *"Sex is but the ancilla of art"* — confidencia o herói de *Lolita*, op. cit, p. 293, traduzido com infelicidade na edição brasileira como "a sexualidade não passa de uma expressão subsidiária da arte".

Um olho sem rosto

"Escrevo para apagar meu nome" — a afirmação de Georges Bataille assume um sentido quase que programático quando o livro em questão é *História do olho*. Publicada originalmente em 1928, sob o pseudônimo de Lord Auch, a novela que marca a estreia do escritor no mundo das letras expressa, como nenhum outro texto seu, esse desejo de apagamento, já que busca dissimular de forma obstinada os traços que permitem identificar o verdadeiro nome do autor.

Não são poucas, aliás, as referências autobiográficas presentes em *História do olho*. A começar pelo fato de que o livro foi produzido a partir de circunstâncias puramente existenciais. Até 1926, a produção escrita de Bataille se resumia apenas a alguns artigos assinados na qualidade de arquivista da Biblioteca Nacional e a uma única publicação literária: as "Fatrasies", recriação de poemas medievais em francês moderno, que apareceram então no sexto número da revista *Révolution Surréaliste*. Uma virada significativa nesse quadro ocorreria no decorrer do mesmo ano quando o ainda aspirante a escritor foi estimulado por seu psicanalista, Adrien Borel, a pôr no papel suas fantasias sexuais e obsessões de infância.

A primeira tentativa resultou no livro *W.-C.*, cujo manuscrito o autor acabou destruindo sob a justificativa de que se tratava de "uma literatura um tanto louca". Ao admitir mais tarde que esse texto sinistro "se opunha violentamente a toda dignidade", Bataille o definiu como "um grito de horror (horror de mim, não de minha devassidão, mas da cabeça de filósofo em que desde então... Como é triste!)".[1] O tratamento heterodoxo de Borel, embora já desse provas de sua eficácia, ainda não permitia ao escritor reconciliar o filósofo e o devasso que abrigava dentro de si.

---

[1] BATAILLE, Georges. "W.-C. Préface à l'histoire de l'oeil", in *Œuvres complètes*, tomo III. Paris: Gallimard, 1971, p. 59.

Figura 1.

Bataille estava então prestes a completar trinta anos de idade, vividos em constante estado de crise. Era um homem dividido: de um lado, a vida desregrada, dedicada ao jogo, à bebida e aos bordéis; de outro, as profundas inquietações filosóficas, fomentadas sobretudo por suas leituras dos místicos, além de Nietzsche e Sade. Tal cisão só fazia realçar a solidão de uma angústia que crescia na mesma proporção de suas obsessões fúnebres, relacionadas à violência erótica e ao êxtase religioso. Oscilando, como ele mesmo definiu, "entre a depressão e a extrema excitação", passou a frequentar o consultório de Borel a partir de 1926, à procura de uma saída para seus impasses existenciais.

A intervenção do psicanalista foi decisiva. O próprio Bataille confidenciou em entrevista a Madeleine Chapsal, realizada em 1961, pouco antes de morrer: "Fiz uma psicanálise que talvez não tenha sido muito ortodoxa porque só durou um ano. É um pouco breve, mas afinal transformou-me do ser completamente doentio que era em alguém relativamente viável".

E, ao aludir ao papel libertador do processo analítico, completou: "O primeiro livro que escrevi, só pude escrevê-lo depois da psicanálise, sim, ao sair dela. E julgo poder dizer que só liberto dessa maneira pude começar a escrever".[2]

Com efeito, apesar da brevidade do tratamento, sua repercussão foi tão intensa que, ao longo de toda a vida, o autor enviou sistematicamente os primeiros exemplares de seus livros para o psicanalista, conferindo a ele um lugar de primazia entre os seus interlocutores. Não lhe faltavam razões para tal gesto.

A redação de *História do olho* — empreendida em meados de 1927 — representou para Bataille uma espécie de cura. Prova disso são as páginas finais do livro que, na qualidade de epílogo, se oferecem como um equivalente textual do fim do tratamento: trata--se de uma autobiografia, que propõe uma interpretação da narrativa, estabelecendo pontos de contato entre o imaginário mobilizado na novela e certas circunstâncias da vida do autor. O sujeito que fala nessas "Reminiscências" — intituladas "Coincidências" na primeira versão da obra — já não é mais o narrador e sim uma primeira pessoa que vasculha a infância, povoada de fantasias obscenas e marcada pela

---

[2] CHAPSAL, Madeleine. "Georges Bataille", in *Os escritores e a literatura*. Lisboa: Dom Quixote, 1986, p. 200.

figura de um pai cego e paralítico, o que corresponde perfeitamente à biografia de Bataille.

"Percebendo todas essas relações" — diz ele em certo momento dessa exegese autobiográfica — "creio ter descoberto um novo elo que liga o essencial da narrativa (considerada no seu conjunto) ao acontecimento mais grave da minha infância." Ao expor tais relações, nas quais se reconhece a mediação do trabalho analítico, o escritor toma consciência de que suas reminiscências pessoais "só puderam tomar vida deformadas, irreconhecíveis" — ou seja, transformadas em ficção.[3] A eficácia maior do tratamento de Borel foi, sem dúvida, a de deixar a vida repercutir — e transbordar — na literatura, deslocando as obsessões de Bataille para a escrita, derivando suas fantasias para o texto. A criação de *História do olho* marcou o fim de um silêncio e o nascimento de um escritor.

A análise permitiu, portanto, uma descoberta essencial para Bataille: a de que as narrativas, conforme sugere Michel Surya, "se elaboram nas paragens mais próximas da existência. Dessa existência, elas dizem qual é a determinação profunda; ao mesmo tempo que elas operam um sábio trabalho de descentramento e de metamorfose".[4]

Uma vez vislumbrada a possibilidade "libertadora" de transformar a substância da vida em matéria textual, o autor pôde dar curso livre aos excessos de sua imaginação, realizando no plano simbólico as estranhas exigências que o atormentavam. Essa descoberta — que está na origem da *História do olho* — abriu para Bataille os caminhos de uma escrita sem reservas. Afinal, como ele próprio diria muitos anos mais tarde: "sendo inorgânica, a literatura é irresponsável. Nada pesa sobre ela. Pode dizer tudo".

* * *

Tudo o que diz a *História do olho*, porém, é assinado por Lord Auch, e não por Georges Bataille. E tal foi a importância desse pseudônimo para o escritor que ele nunca reivindicou a autoria do livro, reiterando seu desejo original de anonimato. Até o fim da vida,

---

[3] BATAILLE, Georges. *História do olho*. Eliane Robert Moraes (trad.). São Paulo: Cosac Naify, 2003, pp. 89 e 91.

[4] SURYA, Michel. *Georges Bataille, la mort à l'oeuvre*. Paris: Gallimard, 1992, p. 126.

Figura 2.

Bataille jamais consentiu que a novela fosse publicada sob seu nome, o que só veio a acontecer em edições póstumas.

Por certo, não se deve negligenciar as razões profissionais e sociais que obrigavam o autor a recorrer a um pseudônimo. Na condição de funcionário público, trabalhando na Biblioteca Nacional, sua reputação estaria ameaçada caso lhe fosse imputada a paternidade de um livro erótico, editado e vendido clandestinamente. Assim, ao apagar seu nome da novela, ele tentava se precaver contra eventuais acusações de ultraje à moral.

Mas, para além dessas razões, havia outras, não menos importantes. Um texto com tantas chaves autobiográficas também exigia o anonimato, sobretudo pela qualidade das revelações nele contidas. Assumi-las publicamente poderia significar, por exemplo, um rompimento com o irmão que solicitara o sigilo de Georges com relação aos constrangedores eventos da infância descritos nas "Reminiscências": a difícil convivência com o pai tabético que vivia em "estado de imundície fétida", acometido por frequentes "acessos de loucura", as tentativas de suicídio da mãe, que "acabou perdendo igualmente a razão"... Eventos traumáticos, dos quais Bataille afirmou "ter saído desequilibrado para a vida", em carta ao mesmo irmão a quem confidenciaria já na maturidade: "O que aconteceu há quase cinquenta anos ainda me faz tremer e não me surpreende que, um dia, eu não tenha podido encontrar outro meio de sair disso a não ser me expressando anonimamente".[5]

O pseudônimo representava, portanto, não só a dissimulação da identidade, mas sobretudo uma "saída" para os impasses existenciais do escritor: "sair disso" significava superar os traumas de infância, o que supunha um trabalho complexo de elaboração visando a aceitar e também a ultrapassar, de alguma forma, a história familiar. Tratava-se, pois, de apagar o nome transmitido pelo pai, sem contudo deixar de reconhecer a sua marca. Para tanto, era preciso criar um outro nome.

O nome Lord Auch, diz Bataille num fragmento de 1943, significativamente intitulado *W.-C.* e apresentado como prefácio a *História do olho*, "faz referência ao hábito de um dos meus amigos: quando irritado, ao invés de dizer *"aux chiottes!"* [à latrina], ele

---

[5] Citado em Marie-Magdeleine Lessana. *De Borel à Blanchot, une joyeuse chance, Georges Bataille*. Paris: Pauvert-Fayard, 2001, p. 53.

abreviava dizendo "*aux ch*'". Em inglês, Lord significa Deus (nas Escrituras): Lord Auch é Deus se aliviando".[6] A explicação não poderia ser mais clara: o pseudônimo, aludindo à figura suprema do Pai, dramatiza o pai real que "urinava em sua poltrona" e "chegava a cagar nas calças", segundo a descrição do autor. E exatamente por ser capaz de afirmar e ao mesmo tempo negar a herança paterna, tal estratégia determina a perspectiva do livro.

O que ocorre nessa substituição — do pai real à imagem correlata de Deus — é a passagem do caso pessoal de Bataille para um outro plano, impessoal, que excede o particular para abarcar uma circunstância comum à espécie humana. Assim, mais do que aludir a uma contingência individual, a figura imaginária de Lord Auch vem ampliar a experiência vivida pelo escritor, conferindo-lhe uma gravidade universal. É precisamente por realizar tal ampliação que o pseudônimo da *História do olho* pode ser considerado uma máscara, sobretudo se levarmos em conta o significado que o autor atribui a esse artifício.

Para Bataille, as máscaras representam "uma obscura encarnação do caos": são formas "inorgânicas" que se impõem aos rostos, não para ocultá-los, mas para acrescentar-lhes um sentido profundo. Na qualidade de artifícios que se sobrepõem à face humana, com o objetivo de torná-la inumana, essas representações "fazem de cada forma noturna um espelho ameaçador do enigma insolúvel que o ser mortal vislumbra diante de si mesmo". Por essa razão, conclui o escritor, "a máscara comunica a incerteza e a ameaça de mudanças súbitas, imprevisíveis e tão impossíveis de suportar quanto a morte".[7]

Não é difícil perceber, a partir dessas considerações, as razões mais profundas que podem ter motivado o verdadeiro autor a se valer do nome Lord Auch para assinar o livro. Tudo sugere que não teria sido possível, para ele, expressar o horror dos eventos infantis a partir de uma perspectiva, digamos, realista: era preciso lançar mão de um artifício que acentuasse o caráter fantasmático desse horror, de forma a revelar — Bataille diria: "encarnar" — seus aspectos mais ameaçadores.

---

[6] Bataille, Georges. *W.-C. Préface à l'histoire de l'oeil*, op. cit., p. 59.
[7] Bataille, Georges. "Le masque", in *Œuvres complètes*, tomo II. Paris: Gallimard, 1970, pp. 403-6.

Figura 3.

Sendo "inorgânica", assim como a literatura, a máscara do pseudônimo veio a fornecer um "espelho" capaz de projetar e multiplicar as terríveis experiências do autor até o ponto de torná-las comuns a toda a humanidade, evidenciando o enigma que funda a condição mortal de cada homem. Sob a máscara trágica de Lord Auch, a *História do olho* se oferece como uma autobiografia sem rosto.

* * *

Escrita em primeira pessoa, a novela de Bataille apresenta as confissões de um jovem narrador que insiste em se manter, ao longo de todo o texto, no plano da maior objetividade. Tudo é dito de forma direta, com uma clareza que raramente cede a enunciados esquivos. Nada há, no desenvolvimento da história, que desvie a leitura dos propósitos centrais da narrativa: trata-se de um relato seco e despojado, que evita rodeios expressivos, subterfúgios psicológicos, ou evasivas de qualquer outra ordem. Do ponto de vista formal, o livro é rigorosamente realista.

O realismo da narração contrasta, porém, com a irrealidade das cenas narradas. A começar pelos personagens, que vivem num universo à parte, onde tudo — ou quase tudo — acontece segundo os imperativos do desejo. Recém-saídos da infância, o narrador e sua comparsa Simone parecem ainda habitar o mundo perverso e polimorfo das crianças, para quem nada é proibido. Suas brincadeiras sexuais assemelham-se a travessuras infantis, às quais se entregam com uma fúria que não conhece obstáculos. Marcela e os outros adolescentes que a eles se juntam parecem igualmente entregues aos caprichos e extravagâncias que governam as peripécias da dupla, guiadas apenas pelas exigências internas da fantasia. Em suma, como observou Vargas Llosa, os jovens que protagonizam essas cenas "não parecem seres despertos, mas sonâmbulos imersos em uma prisão onírica que lhes dá a ilusão da liberdade".[8]

Desse mundo soberano, os adultos não participam. Mesmo quando aparecem, estão sempre à margem dos acontecimentos, cujo sentido frequentemente lhes escapa. Assim ocorre, por exemplo, com

---

[8] VARGAS LLOSA, Mario. "El placer glacial", in Georges Bataille, *Historia del ojo*. Barcelona: Tusquets, 1986, p. 30.

a mãe de Simone que, ao surpreender a filha quebrando ovos com o cu, ao lado de seu inseparável companheiro, limita-se "a assistir à brincadeira sem dizer palavra". Mais tarde, essa mesma mulher "de olhos tristes", "extremamente doce" e de "vida exemplar", testemunha outras travessuras lúbricas dos personagens em absoluto silêncio, desviando o olhar e vagando pela casa como se fosse um fantasma.

Com efeito, a presença dos adultos é muitas vezes marcada por uma certa fantasmagoria, sobretudo porque eles raramente têm direito à palavra. É o que acontece ainda com o pai do narrador, descrito como "o tipo perfeito do general caquético e católico", cuja autoridade, na verdade bem pouco eficaz, se exerce tão somente à distância, sem jamais tomar o primeiro plano da narrativa. Mesmo *Sir* Edmond, o lorde inglês que desempenha o papel de cúmplice e patrocinador das últimas aventuras dos dois jovens, costuma assistir a tudo de longe, tal qual um *voyeur* que pouco participa dos acontecimentos. O mundo infantil da *História do olho* é decididamente egoísta e, como tal, fechado em si mesmo.

Vale lembrar que esse mundo não é muito diferente daqueles descritos nos contos de fadas, que colocam em cena personagens oníricos, vivendo em universos igualmente fechados, onde tudo acontece por encantamento. A aproximação torna-se ainda mais pertinente quando recordamos que grande parte da novela se desenrola em cenários também caros aos gêneros feéricos — em especial àqueles contos de fadas às avessas que são conhecidos como novelas góticas.

Praias desertas, castelos murados, parques solitários, mansões rodeadas de jardins agrestes, florestas agitadas por grandes temporais — as paisagens que abrigam os protagonistas da novela guardam profunda afinidade com a atmosfera lúgubre dos contos de terror. São lugares secretos e quase sempre desabitados que o narrador e Simone visitam na penumbra da noite, em meio aos relâmpagos e às ventanias de furiosas tempestades. A exemplo dos cenários externos, os interiores se revelam igualmente sinistros, como os corredores frios e escuros do asilo onde Marcela é internada, dando para uma infinidade de quartos, ou ainda a austera sacristia da antiga igreja de Sevilha, que

Figura 4.

evoca uma sensualidade fúnebre. Tais espaços sombrios contribuem para a irrealidade das cenas, reiterando a dimensão fantasmagórica dessa narrativa glacial.

São essas evidências que levam Vargas Llosa à justa afirmação de que "na *História do olho* a diferença entre fundo e forma é flagrante e determina a soberania do texto".[9] A objetividade da narrativa realmente contrasta com o caráter insólito e excessivo das fantasias que vão sendo, uma a uma, relatadas, produzindo uma curiosa dialética entre continente e conteúdo. À palavra, prosaica e racional, se justapõe uma substância fantástica, cuja violência poética põe em risco qualquer tentativa de lucidez. Reside aí, sem dúvida, a originalidade do texto de Bataille, que consegue ser, ao mesmo tempo, um frio documento sobre obsessões sexuais e um fabuloso conto de fadas *noir*.

Por certo, esse traço fundamental da novela traduz o trabalho de um imaginário que, dando voz às demandas do desejo, recusa a lógica da contradição para dar lugar às formulações ambivalentes que são próprias das fantasias eróticas. Assim como a narrativa reúne princípios antagônicos, esse imaginário também opera no sentido de fundir elementos distintos, propondo inesperadas associações entre as ações dos personagens e os fenômenos da natureza, para criar uma metáfora soberana. No centro dessa metáfora está a morte.

* * *

A fusão com o cosmos é uma tópica recorrente em *História do olho* — e as passagens em que é tematizada correspondem às mais herméticas da novela, beirando a ausência de sentido. Em contraste com a clareza da narrativa, nesses momentos as palavras se soltam, navegando à deriva para, numa inesperada sintonia entre fundo e forma, expressar a situação vivida pelos personagens.

Quando a dupla de amigos deixa a casa de repouso onde Marcela está internada —, viajando de bicicleta em plena madrugada, nus, exaustos e "no desespero de terminar aquela escalada pelo impossível" —, o narrador associa sua alucinação ao "pesadelo global da sociedade humana, por exemplo, com a terra, a atmosfera e o céu".

---

[9] Idem, ibidem, p. 26.

Nesse estado de "ausência de limites", a morte aparece como a única saída para seu erotismo trágico:

> Uma vez mortos Simone e eu, o universo da nossa visão pessoal seria substituído por estrelas puras, realizando a frio o que me parecia ser o fim da minha devassidão, uma incandescência geométrica (coincidência, entre outras, da vida e da morte, do ser e do nada) e perfeitamente fulgurante.[10]

Mais tarde, deitado na grama ao lado de sua companheira, com os olhos abertos sobre a Via Láctea — "estranho rombo de esperma astral e de urina celeste cavado na abóbada craniana das constelações" —, o narrador vê a si mesmo refletido no infinito, assim como "as imagens simétricas de um ovo, de um olho furado ou do meu crânio deslumbrado, aderido à pedra". Ao se dar conta dessas correspondências cósmicas, ele intui "a essência elevada e perfeitamente pura" de uma "devassidão que não suja apenas o meu corpo e os meus pensamentos, mas tudo o que imagino em sua presença e, sobretudo, o universo estrelado...".[11]

Revela-se aí um desejo de intimidade com o universo que lança o excesso a seu ponto de fuga. Tudo acontece como se, no limite, as ações dos jovens devassos respondessem a uma exigência superior, anônima, inscrita nas imutáveis leis da natureza. Assim sendo, a insaciabilidade da devassidão teria como consequência lógica a desintegração dos objetos eróticos, incluindo os próprios personagens: "com o rosto contorcido sob o efeito do sol, da sede e da exasperação dos sentidos, partilhávamos entre nós aquela deliquescência morosa na qual os elementos se desagregam", confidencia um deles na arena de Sevilha.[12] Deliquescência que supõe a passagem do estado sólido para o líquido, produzindo a dissolução dos elementos em jogo — nesse caso, os corpos do narrador e de Simone.

À exemplo do que ocorre com o artifício do pseudônimo, essas cenas também deslocam os protagonistas da novela para um plano impessoal, operando a passagem de suas contingências particulares para uma ordem universal. Nessa passagem, os indivíduos são despojados de qualquer identidade, seja social ou psicológica, em

---

[10] BATAILLE, Georges. *História do olho*, op. cit., p. 47.
[11] Idem, ibidem, p. 57
[12] Idem, ibidem, p. 68

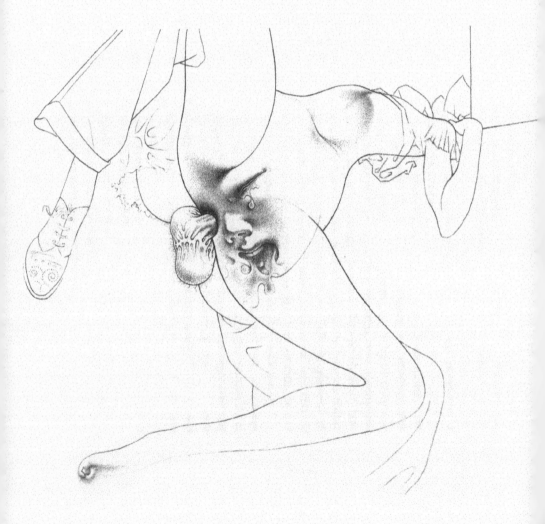

Figura 5.

função de uma experiência puramente orgânica, animal, que supõe uma relação íntima e imediata com o mundo. Tal é a "ausência de limites" a que se entrega o narrador da novela, evocando um estado de imanência no cosmos que, partilhado por todos os seres vivos, só pode se revelar ao homem quando ele esconde seu rosto.

Por isso, se a afirmação de Bataille — "escrevo para apagar meu nome" — assume um sentido programático quando o livro em questão é *História do olho*, isso não ocorre apenas por conta dos disfarces do autor. O violento processo de despersonalização que é levado a termo ao longo da narrativa envolve todos os planos da novela, determinando desde a construção dos personagens até o foco narrativo para atingir a própria economia do texto.

A dimensão desse propósito pode ser dada pela comparação entre o texto original da novela, de 1928, e a versão corrigida por Bataille — editada com a data de 1940, mas publicada mesmo em 1945. Todas as nuanças e os artifícios de linguagem da primeira versão são sistematicamente subtraídos na segunda, numa ascese que produz um relato mais objetivo, frio e sobretudo indeterminado. A economia de adjetivos e pronomes também concorre para essa depuração que nivela a narrativa, contaminando igualmente a figura do narrador.

Do confronto entre os dois textos, percebe-se uma clara intenção do autor no sentido de evitar a primeira pessoa do narrador, muitas vezes substituindo seus enunciados por uma voz indefinida, sustentada em terceira pessoa. Disso decorre um certo automatismo das ações do personagem que, progredindo no decorrer da narrativa, tende a descrevê-lo quase como um mecanismo impessoal. Alheios ao espírito, seus atos já não lhe pertencem. Conforme perde em interioridade psicológica, porém, ele ganha em interioridade orgânica: seu "funcionamento" é cada vez menos comandado pela consciência e mais pelo corpo, que, liberto de todas as restrições, se abandona ao regime intensivo da matéria.

Uma vez apagados os traços que distinguem o rosto, restam apenas os órgãos, entregues à convulsão interna da carne, operando num corpo que prescinde da mediação do espírito. É o que se verifica também com o globo ocular: se nas primeiras brincadeiras sexuais entre o narrador e Simone o olho ainda cumpre a função erótica da visão, projetando-se em diferentes objetos, já na terrível orgia final da novela ele se apresenta tão somente como resto material de uma mutilação à serviço do sinistro erotismo da dupla. Na qualidade de mero objeto, ostentando sua condição finita, o órgão passa pela derradeira metamorfose, anunciando a própria desintegração em meio à atmosfera funesta das últimas cenas do livro.

Por tal razão, *História do olho* não pode ser a autobiografia de Bataille, e nem mesmo do narrador — é uma autobiografia do olho. Nela, evidencia-se uma concepção impiedosa do sexo, que Hans Bellmer soube tão bem traduzir em imagens. A exemplo do texto, os desenhos criados pelo artista alemão reiteram a precariedade da matéria para insinuar que toda experiência erótica está fundada em um princípio de dissolução.

"O sentido do erotismo é a fusão, a supressão dos limites" — confirma o autor num de seus últimos escritos, reiterando a concepção grave e sombria que traduz a angustiada devassidão dos personagens da novela. À união dos corpos corresponde a violação das identidades: nesse processo, as formas individuais se fundem e se confundem até o ponto de se tornarem indistintas umas das outras, dissolvendo-se na caótica imensidão do cosmos. Ou, como completa Bataille em *L'érotisme*, numa passagem que poderia perfeitamente resumir seu primeiro livro: "O sentido último do erotismo é a morte".[13]

Obs.
Figuras 1 a 6 - Gravuras de Hans Bellmer para a edição de 1940 da *História do olho*.

[13] BATAILLE, Georges. "L'érotisme", in *Œuvres complètes*, tomo X. Paris: Gallimard, 1987, pp. 129 e 143.

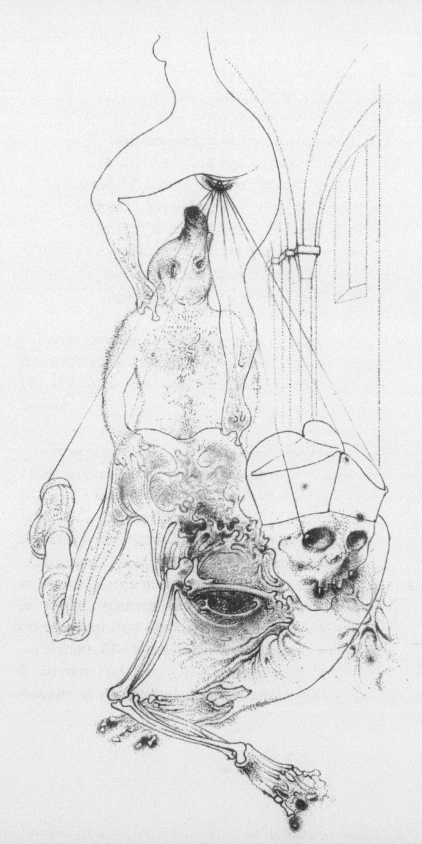

Figura 6.

Varas, virgens e vanguarda

Na manhã de 21 de agosto de 1911, os jornais franceses surpreenderam o país com uma manchete de forte impacto: "*A Gioconda* desapareceu do Louvre". A notícia de que uma obra de arte do porte da *Mona Lisa* havia sido roubada tornou-se a ordem do dia na França e rapidamente repercutiu no exterior, gerando toda sorte de reações. Empenhada em solucionar o caso, a polícia local iniciou as investigações partindo da hipótese de que o roubo estava associado ao desaparecimento recente de três estatuetas do Louvre. No dia 7 de setembro, um inspetor e um agente à paisana dirigiram-se a um pequeno apartamento da rua Gros, em Paris, com o objetivo de prender um suspeito. Seu nome: Guillaume Apollinaire.

Na verdade, seu nome de registro era mesmo Wilhelm Apollinaris Albertus de Kostrowitzky. Nascido a 26 de agosto de 1880, em Roma, ele era filho ilegítimo de uma polonesa, a quem os padrões da época atribuíam reputação duvidosa, e de um italiano de origem desconhecida. Apesar da vida instável que a mãe lhe proporcionara, desde cedo o jovem destacou-se nos estudos, com particular interesse pelas artes e sobretudo pela literatura. No início do século XX, depois de ter vivido em várias cidades europeias, fixara residência em Paris, passando a frequentar os meios artísticos e a colaborar em diversas publicações jornalísticas e literárias. Na ocasião de sua captura, o suspeito pelo roubo da *Mona Lisa* já era reconhecido como um dos poetas mais importantes da vanguarda parisiense.

Guillaume Apollinaire — nome que adotaria a partir dos dezessete anos — era considerado o porta-voz de uma geração de rebeldes. Amigo de Jarry, Picasso e Braque, foi um dos notáveis inspiradores do *esprit nouveau* que abalou a cultura cosmopolita da França na virada do século: sua obra literária e crítica anunciava os princípios de uma nova estética, que tinha como fundamento a ruptura com os modelos do passado. Não deixa de ser significativo que a culpa pelo desaparecimento da *Gioconda* — obra emblemática da tradição humanista europeia — tenha sido imputada justamente a um artista tão identificado com a aventura modernista.

Depois de uma semana na prisão, o poeta foi libertado, dadas as evidências de que o suspeito era na verdade um antigo secretário seu, o belga Géry Pieret, que se confessou autor do roubo das estatuetas do Louvre.[1] Mesmo assim, Apollinaire foi atacado pela intelectualidade bem-pensante da época, que se aproveitou da ocasião para denunciar os atos de "barbarismo" dos *métèques* — "malditos estrangeiros" — contra a cultura nacional. Aos olhos dos defensores das tradições clássicas, como Anatole France e Maurice Barrès, as provas de sua inocência no caso da Gioconda não o tornavam menos culpado: pelo contrário, os árbitros do bom gosto francês o acusavam de atentar contra os valores da "civilização", estendendo tal recriminação a outros estrangeiros radicados em Paris, tais como Picasso, Stravinsky e Gertrude Stein.

O momento era particularmente delicado. O embate entre os intelectuais conservadores e a vanguarda parisiense do pré-guerra revelava apenas uma face da profunda crise de valores que abalava quase toda a Europa, com radical impacto não só no plano da estética, mas também sobre a política e a moral. Não importa de que lado estivessem, os homens da época testemunhavam uma complexa transformação da mentalidade europeia, marcada por um sentimento de instabilidade diante da progressiva desintegração dos sistemas vigentes no século XIX. As leis gerais que diziam respeito à totalidade da vida já não faziam mais sentido, e as tentativas de recompor as relações com vistas a uma nova ordem pareciam inúteis face à dispersão que o mundo moderno apresentava.

Os artistas da vanguarda, contudo, cultivavam um certo otimismo diante da crise: orientados por uma simbólica da destruição, depositavam grandes esperanças na energia vital da violência, o que geraria inclusive um forte entusiasmo em

---

[1] Sobre o episódio do roubo da *Gioconda*, ver Roger Shattuck, *The banquet years — The origins of the Avant Garde in France — 1885 to World War I*. Nova York: Vintage Books, 1968, pp. 275-7; e Georges Vergnes, *Apollinaire*. José Pires Cutileiro (trad.). Lisboa: Ulisseia, 1965, pp. 134-41.

relação à guerra. A exemplo de Apollinaire — o "poeta-artilheiro" que exaltava o "caos bélico" —, diversos autores da época passaram a considerar-se "soldados da vanguarda", armados para aniquilar o "museu morto da civilização". Com esses ideais em mente, eles elevavam a destruição a "ato de criação": dela resultaria a experiência ousada da consciência e das formas de expressão que anunciavam o novo, utopia maior do modernismo.

* * *

Apollinaire era um alvo perfeito para os conservadores: sua poesia dispensava a pontuação e a tipografia regular, além de se voltar com frequência para uma temática cosmopolita, atenta às experiências sensíveis que resultavam das novidades técnicas como o avião, o telefone, o rádio e a fotografia. Ainda que o viés experimentalista de sua obra não excluísse certas heranças do passado, ao lançar mão de elementos da tradição medieval ou mesmo de temas da cultura clássica, ele os agregava a uma mitologia pessoal comprometida com a sensibilidade moderna. Mais que tudo, o poeta encarnava a figura do artista em permanente "estado de surpresa", interessado em ampliar os horizontes da arte para entrar em sintonia com seu tempo.

Descobrir o presente significava saudar os ritmos frenéticos da paisagem urbana onde tudo parecia passageiro, em estado de completa suspensão. Ao desprezar os modelos tradicionais, com sua ambição de criar obras duradouras, o artista ficava livre para partilhar da dinâmica acelerada da mutação: a sensação de fluxo e de simultaneidade dos acontecimentos tornava-se então a bússola mais eficaz para orientar a compreensão dos fenômenos desconcertantes da vida contemporânea. Disso resultava uma constatação que a vanguarda afirmava em uníssono: o caráter transitório da experiência cosmopolita exigia a subordinação das formas de sentir e de pensar aos vetores do instantâneo e do efêmero.

"Um lenço que cai" — diria Apollinaire em 1917, ao publicar o manifesto "L'esprit nouveau et les poètes" — "pode significar uma alavanca com a qual o poeta erguerá todo o universo..."[2] Assim, os

---

[2] APOLLINAIRE, Guillaume. "L'esprit nouveau et les poètes", in *Œuvres en prose complètes*, tomo II. Paris: Gallimard, 1991, p. 951. (Bibliothèque de la Pléiade)

fatos mais corriqueiros da vida cotidiana passavam a ser também os mais reveladores: para que a arte se tornasse cúmplice de seu tempo, como propunha o programa, a matéria sensível deveria ser buscada no detalhe, no insignificante e sobretudo no momentâneo. O manifesto sintetizava os princípios de um grupo que respondia à trama instável do caos moderno através de formas fraturadas, estruturas parodísticas, justaposições inesperadas e registros de fluxos de consciência, definindo a ironia particular que caracterizou a arte do período.

Dez anos antes de publicar o manifesto, o autor dos *Calligrammes* já havia se declarado um defensor radical das novas formas de expressão artística. Quando, em 1907, Picasso lhe apresentou *Les demoiselles d'Avignon*, ele não escondeu seu entusiasmo: a perspectiva múltipla da tela desafiava as leis de composição do passado, subvertendo o sistema vigente de percepção da arte. Aos olhos do poeta — cujo poema "Zone" é considerado um equivalente verbal do quadro —, o pintor espanhol inaugurava um inusitado campo de possibilidades para a exploração das formas, até então confinadas aos limites das descrições realistas e das representações figurativas.[3]

Les demoiselles anunciava, como então observou Apollinaire, um verdadeiro "crepúsculo da realidade". Não causa surpresa que seu aparecimento tenha suscitado os protestos da mesma intelectualidade conservadora que atacaria o poeta em 1911: o quadro traduzia os anseios de uma geração de artistas que buscava expandir os limites da criação para além da mera representação, numa tentativa febril de ultrapassar as fronteiras do realismo. Obra emblemática do modernismo, a tela de Picasso era um atentado aos valores de uma tradição que encontrava sua expressão mais elevada nos traços da Mona Lisa.

* * *

A subversão de Apollinaire não se resumia, contudo, à sua adesão irrestrita aos princípios estéticos da vanguarda. Havia ainda uma particularidade sua que escandalizava os adeptos do bom gosto: ele cultivava um fascínio especial por um tipo de literatura que os

---

[3] Desenvolvi essa tópica em *O corpo impossível — A decomposição da figura humana, de Lautréamont a Bataille*. São Paulo: Iluminuras/Fapesp, 2002, cap. 3.

defensores da tradição francesa tentavam, a todo custo, apagar da memória nacional. Era o romance libertino.

Não é de estranhar, portanto, que tenha sido ele o responsável pela introdução dos "livros malditos" de Sade no cenário literário francês do início do século. Proibido e relegado ao ostracismo durante todo o século XIX, o marquês era um escritor praticamente desconhecido quando Apollinaire se dispôs a publicar uma antologia de seus textos em 1909. Como apresentação à edição, ele escreveu um longo ensaio biográfico, onde definia Sade como "o espírito mais livre que já existiu no mundo".[4] Com essas palavras, o poeta dava um passo decisivo para que o autor de *Justine* viesse a ser venerado pela geração que mais tarde se reuniria em torno do surrealismo e faria do "divino marquês" uma de suas referências mais importantes.

Isso prova que o interesse de Apollinaire pelos escritores eróticos do século XVIII não era incompatível com a sua apologia de uma nova sensibilidade. Pelo contrário, se nos livros de Sade ou de Restif de la Bretonne ele encontrava a "fonte do espírito literário moderno" era porque percebia neles os princípios de uma liberdade sexual que se ajustava a uma nova concepção do amor. Para o poeta, a experiência cosmopolita deveria engendrar um modo de vida amorosa radicalmente diferente daquele que os padrões morais de sua época ainda acalentavam. Diferença que ele enfatizava ao contrastar as duas grandes personagens femininas de Sade: Justine oferecia um retrato da "mulher antiga, subjugada, miserável e menos que humana", enquanto Juliette representava a nova mulher, "um ser do qual ainda não temos a menor ideia, que se liberta da humanidade, que terá asas e renovará o universo".[5]

A antologia de Sade foi o primeiro volume da coleção Les Maîtres de l'Amour, cuja direção fora confiada a Apollinaire pelos editores Georges e Robert Briffaut. Nela, o poeta publicou várias obras da literatura erótica, num empreendimento notável que se prolongou até sua morte, em 1918. Era como um erudito, mas sempre em busca do novo, que ele vasculhava os porões da Biblioteca Nacional à procura dos livros proibidos que deveriam figurar tanto na coleção

---

[4] APOLLINAIRE, Guillaume. "Introdução", in *L'Œuvre du marquis de Sade*. Paris: Bibliothèque des Curieux, 1909, p. 17. (Col. Les Maîtres de l'Amour)
[5] Idem, ibidem, p. 18.

62 Eliane Robert Moraes

Coffret du Bibliophile quanto na Les Maîtres de l'Amour; ao cabo de alguns anos, essa pesquisa resultou na organização de um extenso catálogo editado em parceria com Louis Perceau sob o título *L'enfer de la Bibliothèque Nationale.*

Além dos libertinos franceses, Apollinaire também cultivava uma predileção pelos escritores licenciosos da Itália renascentista, como Aretino e Baffo, ambos publicados em suas coleções. O que mais lhe encantava na obra de Aretino — cujos *Sonetos luxuriosos* ele traduziu para o francês — era o fato de que o escritor italiano "não buscava jamais a reabilitação da cortesã, mas sim sua exaltação".[6] Atraído pela liberdade de expressão dos autores do passado reputados como obscenos, o poeta incorporou em sua obra diversos traços de uma literatura que, expulsa dos cânones, lhe revelava o avesso da tradição.

* * *

Ao escrever *As onze mil varas*, Apollinaire lançou mão de vários elementos dessa outra tradição literária que a moralidade do século XIX preferiu encerrar nos porões da memória coletiva. Se certas passagens da novela nos fazem lembrar a libertinagem cruel dos personagens de Sade — como a terrível orgia num vagão de trem que termina em duplo assassinato —, outras evocam a lubricidade debochada de Aretino, a exemplo da cena bizarra em que um sacerdote ordenha uma rechonchuda ama de leite para satisfazer os excessos de seu lascivo paladar. O resultado dessa combinação é o humor negro, quase macabro, que desafia o leitor a distinguir o riso do pânico, tal como acontece no notável episódio da angelical enfermeira da Cruz Vermelha, "cuja inocência sofria de intermitências assassinas", que se deleita ao manipular os corpos dilacerados de combatentes de guerra.[7]

Assim, se o humor é um componente fundamental do livro — a começar pelo título que, jogando com a proximidade entre as palavras *verges* (varas) e *vierges* (virgens), faz alusão às onze mil virgens que

---

[6] Guillaume Apollinaire citado por Michel Décaudin, "Apollinaire, la liberté une et indivisible", *Magazine littéraire*, n. 371, Paris, dez. 1998, p. 52.

[7] APOLLINAIRE, Guillaume. *As onze mil varas*. Hamilton Trevisan (trad.). Salvador: Ágalma, 1999, p. 97.

acompanharam o martírio de Santa Úrsula — sua contrapartida é a perversidade, também nos dois sentidos que o termo abriga. Fundada sobre uma sucessão vertiginosa de cenas violentamente eróticas, a novela mobiliza os múltiplos *topoi* do sadismo literário, como a necrofilia, a escatologia, a bestialidade, a pedofilia, o sacrilégio, o incesto e as mais variadas formas do assassinato. Entende-se porque, na época de seu lançamento, um catálogo clandestino de obras eróticas anunciou o livro valendo-se da chamada: "Mais forte que o Marquês de Sade".[8]

Com efeito, o repertório de fantasias sadomasoquistas de *As onze mil varas* é potencializado pelo fato de a narrativa desenvolver-se quase toda numa atmosfera de guerra, onde a crueldade sexual confunde-se com as atrocidades dos campos de batalha, em cenas que alternam uma infinidade de corpos extasiados, convulsivos, mutilados, despedaçados ou mesmo em estado de decomposição. O resultado dessa confluência absoluta entre o desejo e a violência é um imaginário marcado pela desfiguração dos corpos.

Vale lembrar que para uma vanguarda comprometida com a destruição das formas essas alterações da anatomia humana também denunciavam — a exemplo do que ocorria com *Les demoiselles d'Avignon* — a ilusão antropomórfica das imagens realistas. Assim, além de resgatar elementos da literatura licenciosa do passado, o imaginário sexual de *As onze mil varas* reiterava a simbólica de destruição que orientava os procedimentos estéticos dos modernistas. Tal foi, no campo da erótica, a novidade inaugurada por Apollinaire: ao colocar em cena corpos desfigurados pelo prazer ou pela dor, ele não só reafirmava o projeto vanguardista de decomposição das formas, como criava os parâmetros de um novo erotismo literário que, nas décadas seguintes, seriam retomados por diversos escritores franceses como Robert Desnos e Georges Bataille.

Lançado em 1907 — assim como a outra obra pornográfica do autor, *Les exploits d'un jeune don Juan* — o livro foi publicado anonimamente. Na verdade, ele só veio a ganhar uma edição oficial com o nome do escritor em 1970, quando seus herdeiros admitiram publicamente a autoria; apesar disso, as duas novelas foram excluídas

---

[8] Conforme Jean-Jacques Pauvert (org.), *Anthologie historique des lectures érotiques.* Paris: Suger, 1987, p. 34.

das obras completas do autor durante décadas, numa decisão só revogada nos últimos anos, quando passaram a constar da renomada Bibliothèque de la Pléiade.

Se a obra erótica de Apollinaire, assim como a de Sade e a de Aretino, figura hoje entre os chamados clássicos, isso talvez se deva menos à ação neutralizadora do tempo do que ao próprio empenho do poeta francês no sentido de ampliar o repertório da literatura. Melhor dizendo: embora ele tenha sido um dos principais artífices de uma vanguarda que se definia pela ruptura com o passado, o alvo privilegiado de sua rebeldia não era um passado genérico, mas sim a autoridade de uma crítica que legitimava ou excluía tais ou quais formas de seu cânone todo-poderoso, limitando a liberdade de expressão artística.

Passado quase um século, a *Mona Lisa* convive tranquilamente com as *Demoiselles d'Avignon* nas paredes dos museus e a obra bem--comportada de Anatole France repousa nas mesmas prateleiras que os livros obscenos do autor de *As onze mil varas*. Incorporada à tradição, a aventura modernista foi irremediavelmente pacificada e, com isso, seu poder de subversão talvez tenha se perdido para sempre. Mesmo assim, no silêncio da leitura, a voz poética de Apollinaire continua nos convidando a interrogar os pontos mais obscuros da paisagem contemporânea, para arriscar um encontro com a surpresa: "Perder, mas perder realmente para deixar lugar ao achado".[9]

---

[9] Guillaume Apollinaire, citado por Annie Le Brun, *De l'inanité de la littérature*. Paris: Pauvert/Belles Lettres, 1994, p. 172.

O conhecimento do erro

Na geografia do imaginário moderno, Paris ocupa uma posição de destaque. Se no século das Luzes ela já era conhecida como a "nova Babilônia", após a Revolução Francesa a fabulação literária consolidou por definitivo o mito da cidade como ponto de convergência dos mais diversos aspectos e experiências. Da capital revolucionária registrada pelo espectador noturno de Restif de la Bretonne ao centro cosmopolita e romântico do *flâneur* de Baudelaire, da cidade enigmática habitada pelo Maldoror de Lautréamont ao abrigo onírico dos personagens de Nerval, Paris tornou-se um *topos* recorrente na literatura francesa. É precisamente a essa linhagem que pertence *O camponês de Paris*, escrito por Louis Aragon entre 1924 e 1926.[1]

Texto fundante do surrealismo — contemporâneo do primeiro Manifesto do movimento e antecessor de *Nadja*, que Breton escreveria alguns anos mais tarde —, o livro de Aragon lança um novo olhar sobre a cidade de Paris nos anos 1920. O passeio lírico do "camponês" que investiga a "natureza" urbana da capital desenrola-se em dois pontos: a passagem da Ópera antes de sua demolição e os jardins artificiais do Parque Buttes-Chaumont. Às descrições meticulosas, que fornecem o inventário preciso dos locais visitados, vêm juntar-se lembranças, diálogos, poemas e aforismos, além da reprodução de artigos de jornais, placas e outras inscrições de rua. Mais que simples colagem, tal procedimento visa reproduzir, no plano da escrita, a experiência singular do caminhante moderno que, deixando-se levar pelas imagens transitórias que lhe oferece a paisagem cosmopolita, faz de seu passeio uma aventura do pensamento e da imaginação.

Ao longo dessa aventura, teorizada nos dois breves textos que servem de prefácio e conclusão ao livro, Aragon esboça os princípios

---

[1] ARAGON, Louis. *O camponês de Paris*, Flávia Nascimento (trad.). Rio de Janeiro: Imago, 1996.

de uma nova "mitologia", capaz de expressar o "sentimento moderno da existência". Trata-se de vasculhar o "inconsciente da cidade", de descobrir nela o "maravilhoso cotidiano", para assim libertar o espírito do "tolo racionalismo humano". Dessa forma, o autor se propõe a estabelecer nexos entre o percurso do caminhante e o curso de seu pensamento, ambos recusando *a priori* qualquer referência conhecida em função de uma exploração do desconhecido.

Para realizar seu projeto, o narrador de *O camponês de Paris* aposta fundamentalmente na experiência do erro. À errância pelos labirintos da cidade vem somar-se o propósito de soltar as rédeas do pensamento, de abandonar-se aos seus ritmos incertos e hesitantes, de acolher enfim sua própria possibilidade de errar. Exploração arriscada, na medida em que prescinde da orientação de mapas e de bússolas, mas que, por isso mesmo, obtém êxito na difícil tarefa de traduzir em palavras o que poderíamos chamar de "conhecimento do erro".[2] Ou seja, como propõe Jeanne-Marie Gagnebin, a experiência de errar acaba desembocando "numa verdade que não seria, primeiramente, a coerência de nosso pensamento, mas sim o movimento mesmo de sua produção". No limite, ainda segundo a autora, o livro nos fornece uma descrição apurada dos "caminhos e descaminhos do próprio espírito".[3]

Vale lembrar, porém, que o projeto de Aragon não se resume à dimensão espiritual. Sua intenção não é apresentar um processo de conhecimento que, começando por descrever a experiência física de um passeio errante pela cidade, termina oferecendo ao leitor uma topografia do espírito. Na verdade, os propósitos de *O camponês de Paris* são bem mais ousados: trata--se de registrar a dimensão física do próprio pensamento — como, aliás, o escritor já havia proposto em *Le libertinage*, escrito entre 1922 e 1923, no qual atentava para a importância da experiência corporal da escrita na realização de seus textos.[4] Nesse sentido, o "conhecimento do erro" que está no horizonte de Aragon resulta, sobretudo, de uma

---

[2] O erro é, com efeito, um princípio fundamental do saber que a geração de Aragon procura com obstinação. Recorde-se, por exemplo, que Michel Leiris chega a afirmar a necessidade de se criar "uma ciência do erro, ou seja, uma ciência na qual o objeto seria o estudo das hipóteses rejeitadas pela atual ciência ortodoxa". Cf. ARMEL, Alliete. *Michel Leiris*. Paris: Fayard, 1997, p. 218.

[3] GAGNEBIN, Jeanne Marie. "Uma topografia espiritual", in Louis ARAGON, *O camponês de Paris*, op. cit., p. 251.

[4] ARAGON, Louis. *Le libertinage*. Paris: Gallimard, 1983, p. 10.

exploração sensível dos espaços obscuros da cidade e dos domínios baixos da condição humana.

"Em tudo aquilo que é baixo há algo de maravilhoso que me dispõe ao prazer": essa frase, enunciada no capítulo sobre a passagem da Ópera, e normalmente esquecida pelos comentadores do texto, indica os rumos do itinerário físico e mental do caminhante surrealista. Ora, de que nos fala o narrador de *O camponês de Paris*, senão de tudo o que é baixo? Sua atenção volta-se com frequência para as "artes menores", como a dos cabeleireiros, barbeiros, engraxates, alfaiates ou massagistas — a suscitar longas digressões sobre o corpo, das hérnias às carícias, da dor à lascívia. Seu roteiro pela cidade prioriza os "templos de culto equívoco", onde "a moralidade urbana vacila": são hotéis de reputação duvidosa, balneários decadentes, teatros suspeitos, alamedas obscuras de um jardim de periferia e ainda bordéis, bordéis, bordéis. Entre os personagens preferidos, encontramos toda sorte de tipos que exercem "profissões malditas" ou, ao menos, "atividades paradoxais": de vendedores ambulantes a trapaceiros e criminosos, de anônimos "casais dos parques" às prostitutas, estas — "clarões vivos pelo preço das mães de família que encontramos nos passeios públicos" — onipresentes no passeio de Aragon.[5]

Uma tal preferência pelo que é baixo — ou, como propõe o autor, o "gosto pelo equívoco" — não deixa de repercutir intensamente na maneira de pensar do camponês cosmopolita. Assim como os banhos inclinam os homens a "devaneios perigosos", o contato com os lugares suspeitos representam igualmente "um meio de acesso a domínios proibidos" à razão. Eis, portanto, o motivo de seu fascínio pelos bordéis: "há nesses lugares uma atração que não se define, que se experimenta"; lá chegando, "nada mais me serve dessa linguagem, desses conhecimentos e dessa educação"; enfim, "acredito falar uma língua estrangeira se for preciso explicar a alguém o que me traz aqui".[6] Trata-se, portanto, de recriar a linguagem para que ela possa expressar uma consciência ampliada pelas manifestações mais intensas do corpo.

Em outras palavras: a experiência física do caminhante — que se perde nos lugares mais baixos de Paris — termina por perverter o pensamento, obrigando-o a descer ao nível das ocorrências concretas.

[5] ARAGON, Louis. *O camponês de Paris*, op. cit., p. 64.
[6] Idem, ibidem, p. 133.

"Desça para sua ideia", propõe o camponês no final da caminhada, "habite sua ideia como um operário que fura poços pendurado em sua corda." Essa "descida" produz o que Aragon chama de "passagem para a desordem", conforme insiste no epílogo do livro, como se estivesse revistando o percurso vertical e descendente que ele mesmo propõe. Ao surrealismo solar das páginas iniciais, manifesto na simbologia dos vidros e espelhos que proliferam na passagem da Ópera, vem opor-se o surrealismo noturno da visita ao parque, que se conclui na opressiva Ponte dos Suicidas, observatório de abismos infernais.

Assim, também, se na descrição da primeira caminhada o narrador alude a um "gosto de confusão que é próprio dos sentidos, que os leva a desviar cada objeto de seu uso, a pervertê-lo, como se diz", no relato seguinte ele sugere que o acesso à "confusão" implica necessariamente a passagem do alto ao baixo — "a cabeça agora aprende a conhecer os pés". Como se vislumbrasse, finalmente, um ponto de chegada no seu percurso vertiginoso, ele sentencia: "E o homem, nesse lugar de confusão, reencontra com assombro a marca monstruosa de seu corpo e sua face escavada. Ele se choca contra si mesmo a cada passo. Eis aí o palácio de que você precisa, grande mecânica pensante, para saber enfim quem você é".[7]

Ao cabo da aventura, Aragon depara com uma imagem sombria da cidade e do homem. Na paisagem cosmopolita, o "maravilhoso cotidiano" cede lugar ao "trágico moderno"; os cenários sagrados das "novas Éfesos" são substituídos pela vista tenebrosa da "Meca dos suicidas"; o "universo colorido" da capital perde sua luminosidade para as cores escuras de uma Paris pintada por Arnold Böcklin. Enfim, na paisagem interior do homem, o pensamento curva-se às evidências de um corpo monstruoso que anuncia, nos contornos sinistros de sua face escavada, a figura da morte. Nesse momento, confundem-se os destinos da cidade e do caminhante; atento a tal indeterminação — entre o obscuro "inconsciente" de uma e os limites da "grande mecânica pensante" do outro —, Aragon transforma a confusão, a desordem e o erro em caminhos do conhecimento.

---

[7] Idem, ibidem, pp. 220 e 212.

O abecedário da perversão

Na melhor tradição da literatura erótica, o romance *O padre C.*, de Georges Bataille — em francês *L'Abbé C.* —, tem início com o prefácio de um suposto editor justificando a publicação de um estranho manuscrito deixado sob sua responsabilidade. Segundo o autor do prefácio, trata-se de um livro inacabado, escrito por um certo Charles C. que se suicidou logo depois de lhe entregar o texto, seguido das notas de seu irmão gêmeo Robert C., cuja morte constitui o tema central da narrativa. O editor não esconde sua perplexidade diante do manuscrito que, desde a primeira leitura, lhe causou forte sentimento de horror: "era sujo, cômico, eu nunca tinha lido algo que me provocasse tamanho mal-estar".[1]

A história se organiza a partir do motivo do duplo, este também de longa tradição literária. Os gêmeos Charles e Robert, ao mesmo tempo que são cópia um do outro, vivem em franca oposição: um é libertino, o outro, padre. Mas o contraste entre ambos, ao invés de demarcar as fronteiras entre o vício e a fé, serve de mote para uma aproximação violenta entre a insaciabilidade erótica do primeiro e a devoção mística do segundo.

É o próprio Charles quem coloca à prova a santidade do irmão, desafiando-o a satisfazer os desejos lascivos de sua amante Éponine; e, ao sucumbir às tentações da carne, o padre se abandona a uma devassidão sem reservas, vivida como extensão da busca de plenitude que animava seu fervor religioso. A tensão dos contrários resulta, portanto, num jogo de espelhos que deixa a descoberto uma perturbadora confusão das identidades.

Se a história do padre C. confunde-se com a história de Charles, ela também repercute intensamente na vida do suposto editor, que, ao entrar em contato com o drama dos irmãos, cai em profunda

---

[1] BATAILLE, Georges. *O padre C.* Renato Aguiar (trad.). Rio de Janeiro: Relume Dumará, 1999, p. 15.

crise de depressão. Assim, os três distintos relatos que compõem o livro sobrepõem-se como três camadas em torno de um mesmo núcleo angustiante que aponta não só para o absurdo das vidas dos personagens, mas também da própria condição humana. Porém, diferentemente dos irmãos que respondem à falta de sentido da vida com a morte, o editor sobrevive a ela através de um estranho voto de fé na literatura: orientado por um psicoterapeuta, durante quatro anos ele se dedica a escrever o prefácio e o epílogo do livro, num trabalho que define como "tratamento literário".

Não é difícil perceber aí traços biográficos de Georges Bataille. Abatido por uma forte depressão em 1928, decorrente de uma longa crise mística, ele só conseguiu superá-la com o auxílio de um psicanalista, que o incitou a colocar no papel as suas fantasias mórbidas. Na verdade, Bataille foi o primeiro escritor francês a valer-se de um tratamento psicanalítico, que também poderíamos definir como "literário" na medida em que dele resultou sua primeira ficção erótica, a *História do olho*. Entende-se por que o final dessa novela é dedicado às reminiscências de sua infância, marcada pela convivência dramática com o pai sifilítico, cego e imobilizado numa cadeira de rodas.

Nascido em 1897, Bataille converteu-se ao catolicismo aos dezessete anos, chegando a frequentar o seminário. Embora tenha renunciado à fé cristã, tornando-se mais tarde um fervoroso ateu, os temas sagrados nunca o abandonaram: boa parte de seus escritos é devotada à apologia de uma "religiosidade profana", o que levou Jean-Paul Sartre a defini--lo como "um místico sem Deus". Paradoxal na vida e na obra, o escritor viveu dividido entre a erudição literária e o desregramento sexual: conta seu biógrafo que, por volta de 1924, ele cogitou diversas vezes fixar residência num bordel; logo em seguida, já ocupando a séria posição de arquivista da Biblioteca Nacional, propôs aos amigos Michel Leiris e Jacques Lauvaud a criação de uma revista cuja sede funcionaria no botequim de um prostíbulo do velho bairro de Saint--Denis em Paris.[2] Tal gosto pela vida dissoluta ganha expressão literária nos seus livros eróticos, todos publicados sob pseudônimos.

Durante a década de 1920, Bataille chegou a ter proximidade com os surrealistas mas afastou-se do grupo por considerá-lo "pouco

[2] Cf. Surya, Michel. *Georges Bataille, la mort à l'oeuvre*. Paris: Gallimard, 1992, p. 620.

surreal". Leitor de Sade, Nietzsche e Hegel, ele preferiu radicalizar seu pensamento, voltando-se para o que chamava de "baixo materialismo", movido pelo forte interesse em compreender as manifestações do mal. Por tal razão, embora tenha desempenhado importante papel no movimento antifascista francês dos anos 1930, foi acusado por alguns intelectuais de acalentar "uma atração turva pelas forças negras". Na época da guerra, a tuberculose obrigou-o a retirar-se para o sul da França, onde iniciou seu extenso trabalho ensaístico, inaugurado com a publicação de *A experiência interior*. "Penso como uma prostituta que se despe" — confidenciou num desses escritos, pouco antes de morrer, em 1962.[3]

Publicado originalmente em 1950, *O padre C.* retoma os *Leitmotiven* de Bataille, associando o excesso sexual à nostalgia de uma totalidade perdida, o que termina por desvelar as "dobras mais sujas da alma". À desordem pessoal dos personagens soma-se ainda a desordem política da época em que se passa a narrativa: a atmosfera opressiva do livro é ampliada pelo clima de instabilidade e pessimismo dos anos 1930, que culmina com a ascensão do fascismo e a eclosão da segunda Grande Guerra. Motivada pelo desregramento erótico, a crise existencial do padre C. tem, como extensão lógica, o desvario de suas confissões ao ser torturado pelos carrascos da Gestapo.

É nesse sentido que o título original do livro — *L'abbé C.* — ganha um significado maior, intraduzível para nossa língua. Isso porque ele não só narra a história de certo padre (*abbé*, em francês), mas também introduz um certo método do conhecimento no qual a experiência assume um papel transformador da consciência. Tal como um abecedário da perversão, o romance de Bataille apresenta um processo gradativo de corrupção das ideias pelo corpo, que contamina os personagens e estende-se ao próprio texto. Não é outro o método que orienta o "tratamento literário" ao qual se submete o suposto editor do livro, que, deparando com os extremos da condição humana, coloca em questão os próprios limites da literatura.

---

[3] BATAILLE, Georges. "Méthode de méditation", in *Œuvres complètes*, tomo III, *Oeuvres littéraires*. Paris: Gallimard, 1971, p. 116.

Inventário do abismo

Cento e vinte dias, seiscentas paixões. Quatro meses de libertinagem, quatro classes de vícios. A cada dia, cinco modalidades, somando 150 por mês. Para dar conta dessas cifras, uma comitiva formada por 46, distribuídas em oito categorias distintas, das quais sete pertencem à classe dos súditos. Oito meninos, oito meninas e oito fodedores. Quatro criadas e seis cozinheiras. Quatro esposas. Quatro narradoras. Por fim, na classe dos senhores, os quatro libertinos que sempre merecem designação individualizada: Curval, Durcet, Blangis e o Bispo.

A esses números — que apresentam ao leitor "a narrativa mais impura já escrita desde que o mundo existe" — somam-se outros tantos que servem invariavelmente para precisar, com a maior exatidão possível, as atividades levadas a termo no castelo de Silling. No capítulo dos horários, por exemplo, a jornada é inflexível: os devassos devem acordar diariamente às dez horas da manhã; às onze é servido o desjejum; segue-se a inspeção dos haréns e, entre uma e duas da tarde — "e nem mais um minuto", adverte o narrador —, eles permanecem na capela devotada às volúpias coprofágicas. Das duas às três, durante a refeição dos súditos, os senhores descansam na sala de conversação. O almoço dura exatamente duas horas e, uma vez terminado, há espaço para um repouso de quinze minutos. Às seis em ponto a comitiva se reúne na Câmara de Assembleias para dar início aos trabalhos do dia, que se prolongam por quatro horas. A ceia é servida às dez da noite, seguida de uma orgia que deve cessar pontualmente às duas da madrugada, quando todos se recolhem.

O protocolo dos horários talvez baste para sugerir a relevância da precisão numérica nesse livro que, a começar pelo título, opera com uma prodigiosa quantidade de algarismos, sinais, medidas, listas e toda sorte de cálculos. Nada escapa à contabilidade do quarteto de Silling, que registra desde o número de garrafas de vinho saboreadas pelos senhores em uma refeição até a quantia de carne branca ingerida por um súdito cujas fezes serão servidas na ceia; desde as proporções dos órgãos sexuais dos fodedores até o inventário de bundas disponíveis para uma orgia; desde o total de chicotadas recebidas pelos súditos em uma noite até o cômputo das mutilações realizadas ao longo de um mês. Nada escapa a essa contabilidade porque, ao lado das cenas lúbricas, as operações aritméticas são fundamentais para singularizar o "catálogo de perversões" que inaugura a obra do Marquês de Sade sob o título de *Os 120 dias de Sodoma*.

Vale lembrar que, assim como o sexo, os números são inequívocas fontes de prazer no mundo do deboche. Antes de mais nada porque a enumeração sadiana visa a explicitar as cifras do gozo e, por tornar manifesto o que normalmente se vela, representa uma contestação aos discursos alusivos que só se referem a matérias sexuais por meio de subterfúgios retóricos. Ali onde o código literário do século XVIII não tolera qualquer enunciação frontal, sujeitando a metáfora ao pudor, o marquês tem a ousadia de introduzir o mais extremo realismo, associando-o aos mais bizarros caprichos da imaginação. Ou, dizendo de outro modo, a enumeração libertina se traduz em prazer por implicar sempre uma contravenção — seja ela literária, moral ou até mesmo física, já que o narrador almeja "aquecer o leitor a ponto de lhe custar algum sêmen".

Além disso, convém recordar que a fantasia libertina também se alimenta amiúde dos balanços das realizações levadas a cabo por seus artífices. "Nada excita mais do que uma grande quantidade" — diz um dos senhores de Silling ao tomar ciência do total de vítimas de uma jornada particularmente bem-sucedida, reiterando a satisfação que as altas cifras podem lhes proporcionar. Por certo, a quantidade evoca a abundância, o luxo, o poder e outras figuras da riqueza sem as quais esses personagens nem ao menos poderiam imaginar as "extravagâncias da luxúria" a que se abandonam diariamente.

De fato, a amplitude da dilapidação que está no horizonte das atividades da libertinagem supõe reservas sem fim, sejam elas de dinheiro, de energia, de corpos, ou do que mais for necessário para sua plena realização. Mas, uma vez contabilizadas, as somas esbanjadas em função do gozo físico são repostas em um plano simbólico que opera significativa inversão de sinais: o que foi dilapidado torna-se então objeto de acumulação. Lê-se na 42ª modalidade das paixões complexas:

> Encontra-se com trinta mulheres por dia e faz com que cada uma delas cague em sua boca; come o cagalhão das três ou quatro mais belas. Repete essa diversão cinco vezes por semana, o que totaliza sete mil e oitocentas mulheres por ano. Quando Champville o conhece ele já tem setenta anos de idade e está em atividade há cinquenta.[1]

Como que convidando o leitor a partilhar desses prazeres, Sade lança a ele a tarefa de completar a conta para chegar a uma cifra ainda mais surpreendente.

* * *

Na aventura libertina há sempre esse desejo de abarcar as maiores quantidades, de alcançar os marcos inatingíveis, de realizar a derradeira somatória, insinuando a aposta em um projeto que busca a saturação. Tome-se, como exemplo, uma das paixões assassinas mais insólitas de *Os 120 dias*:

> Um grande devasso adora dar bailes, mas sob um teto preparado que desaba quando o salão está cheio, provocando a morte de quase todos os presentes. Se vivesse sempre na mesma cidade, seria descoberto, mas muda com frequência, de forma que só costuma ser descoberto depois do quinquagésimo baile.[2]

À bizarra contabilidade dessa cena, traço frequente da ficção sadiana, some-se ainda outra modalidade de paixão que o mesmo romance apresenta de forma tão direta quanto sucinta, para o completo desconforto do leitor: "Um incestuoso, grande apreciador da sodomia, para reunir esse crime ao de incesto, de assassinato, de estupro, de sacrilégio e de adultério, se faz enrabar por seu filho com uma hóstia no cu, estupra a filha casada e mata a sobrinha".[3]

---

[1] SADE, Marquês de. "Les 120 journées de Sodome", in *Œuvres complètes*, tomo I. Paris: Pauvert, 1986, p. 371.
[2] Idem, ibidem, p. 436.
[3] Idem, ibidem, p. 440.

Com certeza, não é preciso mais que essas duas paixões para se perceber que, também no capítulo da saturação, a matemática sadiana opera em paralelo à economia dos corpos, respondendo à mesma exigência de preencher todos os espaços vazios. Daí o privilégio dado às adições e multiplicações, mesmo quando se trata de dar conta do que foi desmembrado ou subtraído. Contudo, como "um excesso sempre conduz ao outro", segundo a categórica síntese de Curval, a saturação do deboche não resulta em qualquer empenho de esgotamento, mas sim na manutenção da própria contabilidade. Ou, se quisermos, na manutenção do excesso.

Saturar significa inventariar, enumerar, catalogar. Trata-se de criar um catálogo, o mais completo possível, contendo toda sorte de elementos disponíveis que, de alguma forma, possam servir à libertinagem. Uma vez realizado esse inventário, a possibilidade do deboche fica garantida, pois dele depende o inesgotável jogo ao qual os personagens sadianos se abandonam com rigor e obstinação, revelando o sentido maior de suas elocubrações aritméticas: a combinatória.

O intento combinatório implica uma recusa frontal ao sentimento amoroso, já que sua realização tem por base a indiferenciação entre os sujeitos, a substituição de uns pelos outros, a intercambialidade dos corpos. Fiel a esse princípio, o sistema de variações da libertinagem destina-se a criar o máximo de possibilidades entre os elementos disponíveis, vale dizer, entre aquilo que o quarteto prefere chamar de "objetos da luxúria". Ora, dado que o gozo dos devassos deriva das quantidades, como já observou Marcel Hénaff, as combinações se tornam a solução ideal para lhes garantir o mais alto grau de rentabilidade do sistema: além de esgotar o plano previsto, elas criam condições para a ocorrência da surpresa, valor libertino por excelência.[4]

Combinar, variar, diversificar: é precisamente essa a lógica do gigantesco balanço sexual proposto por Sade, cujo principal fundamento reside nos detalhes que diferenciam as paixões. São portanto essas variações, resultado das combinatórias mais improváveis e sutis, que o narrador convida o leitor a apreciar na notável introdução do livro:

---

[4] HÉNAFF, Marcel. L'invention du corps libertin. Paris: PUF, 1978.

Quanto à diversidade, esteja seguro de que é exata; estude bem aquela paixão que à primeira vista parece assemelhar-se a uma outra e verá que a diferença existe e que, por ínfima que seja, ela possui precisamente esse refinamento, esse toque que distingue e caracteriza o gênero de libertinagem sobre o qual se discorre aqui.[5]

Tal qual um inventário do abismo, as jornadas sadianas submetem essas variações à prova da insaciedade libertina, para criar um catálogo paradoxal que, no intento de registrar todas as possibilidades do sexo, termina por render-se ao ilimitado do desejo.[6] É o que se testemunha neste romance: se, na introdução, o marquês promete oferecer seiscentas paixões, delimitando um número redondo, já no final do livro, o projeto de exatidão numérica não se realiza. Basta notar que a classe de paixões assassinas não completa as 150 modalidades previstas, conforme o próprio autor assinala: "148. A última. (Verificar por que faltam essas duas, estavam todas no rascunho). O último senhor que se abandona à última paixão que nós designaremos sob o nome de inferno foi...".[7]

Com essa falta, a lista não se conclui, abrindo-se sobre um horizonte indeterminado: assim como o corpo, a cifra é precipitada ao seu ponto de fuga.

Aí reside a radicalidade da "filosofia lúbrica" de Sade, que reconcilia a abstração aritmética com a irredutível imanência do corpo para recusar a milenar separação entre ideia e matéria. Aí reside a particularidade desse monumental catálogo, franqueado à vertigem da imaginação. Cento e vinte dias, 598 paixões. O desejo lançado ao infinito.

---

[5] SADE, Marquês de. *Les 120 journées de Sodome*, op. cit., p. 79.
[6] Gilbert Lély sugere semelhante ideia numa feliz associação desse romance com o *Livro das mil e uma noites* — cuja noite adicional que se acrescenta ao número "mil", segundo Jorge Luis Borges, apontaria a eternidade —, aludindo aos "cento e vinte e um dias de Sodoma", que estão no horizonte do primeiro romance de Sade. Assim, esses textos tão distintos — mas, de uma forma ou outra, ambos implicados na sensibilidade libertina do século XVIII — apontam precisamente para o interminável, seja o da narrativa para Sherazade, seja o do vício para Sade. Citado por Pascal Pia (org.), in *Dictionaire des Œuvres Érotiques*. Paris: Mercure de France, 1971, p. 91.
[7] SADE, Marquês de. *Les 120 journées de Sodome*, op. cit., p. 443.

O vício em duas versões

"Se pintei o vício em todas as suas cores mais alegres, e se o adornei de flores, foi puramente a fim de tornar mais valoroso e solene o seu sacrifício à virtude." Foi com esse obstinado apelo à moral e à decência que um pequeno anúncio do *General Advertiser* lançou, em 1750, a segunda edição do livro mais obsceno publicado na Inglaterra puritana, *Fanny Hill ou Memórias de uma mulher de prazer*. O moralismo da chamada comercial, que reproduzia uma das passagens finais do romance, porém, não impediu que o bispo de Londres escrevesse a Newcastle, suplicando às autoridades inglesas que dessem as devidas ordens para interromper a carreira "deste livro vil, que é um insulto escancarado à religião e às boas maneiras, e um opróbrio à Honra do Governo e à Lei do País".[1] Isso rendeu um novo mandato de prisão contra o impressor, o editor e, obviamente, o autor do texto, John Cleland, que já havia sido punido por ocasião da primeira edição, em 1749.

A história das edições de *Fanny Hill* é por si só interessante, na medida em que esclarece, de forma exemplar, as vicissitudes pelas quais passaram quase todos os textos da chamada literatura libertina europeia do século XVIII, não só durante o período, mas também no decorrer do século seguinte. A perseguição aos autores e editores, agravada por rigorosas ações penais e pela condenação ao índex dos livros imorais, os levaram à indesejada clandestinidade; apesar disso, ou talvez como consequência das proibições, a grande popularidade dessas obras gerou inúmeras edições piratas, conferindo ao mundo editorial subterrâneo um surpreendente vigor. No caso dessas memórias, há registro de pelo menos vinte edições inglesas entre 1749 e 1845, sem contar as traduções que,

---

[1] Cf. WAGNER, Peter. "Apresentação a John Cleland", in *Fanny Hill ou Memórias de uma mulher de prazer*. Eduardo Francisco Alves (trad.). São Paulo: Estação Liberdade,1989, pp. 11-46.

pelo menos na França, foram objeto de reiteradas publicações durante os séculos XVIII e XIX. Destaque-se que, não obstante o sucesso do livro e seu posterior reconhecimento como obra literária, ele voltou aos tribunais há poucas décadas, mais exatamente em 1963, nos Estados Unidos, quando publicado pela Putnam, e em 1964 na Inglaterra, com a publicação da Mayflower Books. Ambas as edições foram condenadas à destruição. Decididamente, este foi um dos livros mais visados pelo conservadorismo moderno. Vejamos por quê.

Fanny Hill apresenta uma combinação de formas literárias bastante recorrentes na prosa erótica dos Setecentos, a biografia devassa e o diálogo libertino. São duas grandes cartas, publicadas em dois volumes, que relatam a trajetória afortunada e feliz de uma mulher cuja vida é dedicada aos prazeres do sexo. Nesse sentido o livro está inserido num dos contextos literários mais expressivos da época, a ficção licenciosa, que, já desde meados do século XVII, se torna bastante vigorosa na Inglaterra e sobretudo na França, com Crébillon, Duclos e Marivaux. Porém, ele traz também as marcas do realismo reivindicado pelo romance inglês, que particulariza as personagens no afã de fornecer ao leitor o maior número de detalhes sobre uma individualidade, sua vida e seus sentimentos, como encontramos em Defoe e principalmente em Richardson.

Precisamente por causa dessa dupla influência, *grosso modo* inglesa e francesa, *Fanny Hill* inova o erotismo literário setecentista para conceber a possibilidade de convivência entre a libertinagem e o amor. Fanny é uma personagem que consegue raro equilíbrio entre esses dois polos, normalmente considerados opostos na literatura do gênero. Uma mulher devassa, quase como a Juliette de Sade, e, ao mesmo tempo, apaixonada, quase como a Pamela de Richardson — fazendo desse "quase" seu *savoir-vivre*, harmonizando prazer e sentimento. Cleland, leitor dos libertinos setecentistas, adapta as teorias materialistas do primado das sensações no homem à visão de mundo que se construía então na Inglaterra burguesa, que privilegiava o sentimentalismo em detrimento da satisfação carnal. Ao combinar a devassidão da erótica francesa ao veio emotivo do realismo inglês, ele termina por colocar em xeque suas próprias fontes, que concebem a paixão da carne e a paixão do coração como formas excludentes. Seria esse o perigo do livro?

Eis uma questão que continua rendendo polêmicas na atualidade, já que supõe distintas interpretações no que se refere ao conteúdo moral do romance. Há os que afirmam que Cleland não é um escritor devasso, na medida em que atenua os acontecimentos eróticos através do distanciamento, além de evitar o vocabulário explicitamente obsceno, impondo certo bom senso ao hedonismo francês. Mais cuidadoso, o especialista em escritos licenciosos do século XVIII, Peter Wagner, fala dele como uma "voz de Iluminismo moderado" no trato da erótica. Entretanto, esquecem-se todos que o expediente do final moral é muito recorrente na literatura libertina, e o exemplo clássico das duas primeiras versões de *Justine* de Sade só faz confirmá-lo. Não seria, talvez, um resquício de puritanismo considerar a moralidade desses romances apenas pelos rápidos tributos à virtude de seus desfechos, cujas mensagens edificantes são transmitidas em um ou, no máximo, dois parágrafos? Não seria mais lícito atribuir esse expediente às duras perseguições e punições a que esses autores estavam sujeitos?

A se crer na história da edição do livro, não teriam faltado razões a Cleland para lançar mão de um expediente que prometia driblar a censura. Afinal, como anunciava seu editor em 1750, é bem verdade que, em *Fanny Hill*, o vício aparece "pintado em todas as suas cores mais alegres e adornado de flores", sendo inclusive recompensado com o amor e a felicidade. Mas é igualmente verdadeiro que não se encontra, ao longo de todo o romance, o menor traço do tal "valoroso e solene sacrifício do vício à virtude". Este, simplesmente inexiste.

* * *

O problema do desfecho moral se repõe, com igual vigor, quando o livro em questão é *As relações perigosas*. Desde sua publicação em 1782, o notável texto de Choderlos de Laclos vem intrigando leitores e críticos. Seus contemporâneos, surpresos com o fato de que um obscuro capitão de artilharia tivesse escrito um libelo contra a alta aristocracia, de tom francamente licencioso, não cansaram de procurar as "chaves" do romance. Alguns deles se lançaram a eruditas pesquisas na tentativa de identificar as fontes do autor, buscando os modelos de suas intrigas escandalosas tanto na literatura da época quanto nos círculos sociais que ele frequentava, sem descartar a perniciosa hipótese autobiográfica.

Se o escândalo do livro caminhou em paralelo a seu sucesso — apenas no ano da publicação consta que foram vendidos mais de 15 mil exemplares —, a ampliação do público leitor só fez multiplicar os impulsos de desvendamento da obra. Mesmo após a Revolução, quando veio a perder a popularidade que gozava no Antigo Regime, sendo mais tarde condenado pelos tribunais da Restauração, o romance de Laclos foi objeto de interpretações apaixonadas. Stendhal viu nele uma "ciência do coração"; para Paul Bourget tratava-se de "prancha sombria de anatomia moral"; Baudelaire realçou seu "satanismo", associando-o à obra maldita do Marquês de Sade.

O fato de *As relações perigosas* terem perdido sua aura escandalosa no século XX não impediu que a tradição de leituras interpretativas viesse ganhar novo vigor. Pelo contrário, o romance continuou inquietando escritores e críticos, das mais variadas tendências — como André Malraux, Roger Vailland, Tzvetan Todorov ou Georges May, entre outros —, que mantiveram aceso o fogo das polêmicas. Aliás, é no interior desse debate que se insere o livro de Raquel de Almeida Prado, intitulado *Perversão da retórica, retórica da perversão.*[2] O trabalho se alinha à boa tradição crítica que insiste em investigar as relações entre moralidade e forma literária, recusando uma vertente moderna que substituiu os problemas morais por questões formais, sob o risco de ocultar a problemática central do romance.

O ensaio revisita os pontos principais dessa problemática. Primeiro, no que diz respeito à "retórica da perversão", em geral interrogada no confronto entre o desenvolvimento libertino da obra e seu desfecho moralizante, tal como acontece com *Fanny Hill*. As questões provocadas pelo livro de Laclos repõem aquelas incitadas pelo texto de Cleland: a punição do vício, no final do volume, teria sido um artifício para camuflar a conivência do autor com a libertinagem do século XVIII? Ou representaria uma adesão aos princípios da moral sentimental que Rousseau opunha à hipocrisia

---

[2] PRADO, Raquel de Almeida. *Perversão da retórica, retórica da perversão — moralidade e forma literária em As relações perigosas de Choderlos de Laclos.* São Paulo: Editora 34, 1997.

mundana? Essa ambiguidade, realçada no contraste entre o enredo e o desenlace, é um elemento essencial na construção do romance, a começar pelo fato de que o autor francês encarna a imoralidade de seus personagens nas fascinantes figuras da Marquesa de Merteuil e do Visconte de Valmont.

O segundo ponto importante na análise da obra refere-se precisamente à "perversão da retórica", que contribui ainda mais para reforçar sua ambiguidade. Nesse caso, *As relações perigosas* impõem ao intérprete uma equação de difícil resolução. De um lado, o livro adota as convenções do gênero epistolar, tradicionalmente identificado com os propósitos de exprimir a verdade em oposição à lógica mundana das aparências. De outro, ele participa da tradição do romance libertino, cuja imoralidade está fortemente associada aos artifícios da dissimulação dos sujeitos e da manobra das palavras. Ora, se as cartas dos personagens ingênuos, marcadas pela sinceridade do depoimento, reforçam as intenções moralizantes do gênero epistolar, a correspondência dos libertinos caminha em sentido inverso. Nas mãos de uma Merteuil ou de um Valmont, a carta passa a ser um instrumento de sedução, que busca trair — e não mais traduzir — a verdade.

Para desconforto dos intérpretes, a questão da filiação literária do romance não se esgota, contudo, nessas duas fontes. *As relações perigosas* têm ainda um grande débito para com a tragédia clássica — sua estrutura segue metodicamente as leis do gênero, o que poderia explicar o desenlace fatal —, além de manifestarem fortes afinidades com o realismo moral do romance setecentista. Na verdade, essas são as fontes que Raquel de Almeida Prado privilegia, para mostrar como Laclos conjuga a exigência trágica e o moralismo sentimental. E também para concluir que seu romance é uma "autêntica tragédia moderna" na qual o herói cornelliano — ambicioso, calculista e sem escrúpulos — acaba derrotado pela força da paixão. Em outras palavras: é Racine que triunfa sobre Corneille.

Para montar seu argumento, a ensaísta analisa certas partes da obra normalmente esquecidas pela crítica: o "Prefácio do redator", a "Advertência do editor" e as notas de rodapé. Tomando-os sabiamente como matéria de ficção, e não como simples peças acessórias, ela mostra que os prefácios constituem uma estratégia herdada da tragédia clássica e, nesse sentido, uma explicitação das intenções do próprio escritor. Apesar da contradição entre os supostos "redator" e "editor", o que supõe uma aposta na ambiguidade moral, as notas de rodapé sugerem a presença de um narrador crítico em relação à sociabilidade corrompida de sua época. Isso permite à autora concluir que, na obra de Laclos, "a ideia de uma moral de honra assimilada ao imoralismo libertino é condenada em nome de uma moral social filiada à própria moral do sentimento". Em outras palavras: é Rousseau que triunfa sobre Sade.

A argumentação de *Perversão da retórica, retórica da perversão* é, sem dúvida, consistente. Porém, aos olhos dos estudiosos da literatura setecentista, ela peca por um certo descaso, talvez excessivo, no que se refere à filiação do romance em questão ao gênero libertino. À medida que a autora se propõe a "compreender de que maneira se constrói a ambiguidade moral do romance de Laclos", seria de esperar que ela também analisasse *As relações perigosas* à luz de uma tradição literária que fez da crítica à moralidade seu tema central. Não seria o caso, por exemplo, de atentar para o parentesco entre o romance epistolar de Laclos e outras recriações do mito de Don Juan, recorrentes nos séculos XVII e XVIII? Sendo, todos eles, versões do donjuanismo, há uma série de coincidências significativas, tanto do ponto de vista temático quanto formal — a sedução, o desfecho trágico, a libertinagem cerebral, a dissimulação etc. —, que poderiam iluminar, e até modificar, as conclusões da análise.

Não seria o caso, igualmente, de dar ouvidos a Baudelaire para reconsiderar as afinidades entre Laclos e o autor de *Justine*? A ensaísta descarta rapidamente essa hipótese, ao afirmar que Merteuil e Valmont se diferenciam dos libertinos de Sade "justamente por se vangloriarem de sua 'técnica', capaz de controlar todo movimento instintivo, o próprio prazer dos sentidos, chave mestra do sistema sadiano". Trata-se, por certo, de uma leitura apressada do Marquês, para quem a "suprema afirmação da Natureza" caminha em paralelo à exaltação de um "controle" das inclinações naturais, que seus devassos preferem chamar de "apatia", indicando um triunfo do espírito sobre o instinto. Não foram poucos os comentadores que, como Deleuze, insistiram na tese do autodomínio dos personagens sadianos, apontando seu lugar central na constituição de um "erotismo mental".

Aqui a questão não é apenas tópica, tendo desdobramentos importantes para a análise de *As relações perigosas*. Um deles diz respeito ao papel desempenhado pela palavra, esta também objeto de rigoroso controle nas mãos dos libertinos. Assim como, no romance de Laclos, as cartas representam um vetor da ação (inúmeras delas têm incidência real sobre a intriga), também em Sade as palavras servem para desencadear acontecimentos (basta lembrarmos que as orgias são sempre precedidas de discursos). Em ambos os casos esboça-se uma convicção no poder performativo da palavra, que traduz uma concepção produtiva da língua: entre os devassos, o verbo constitui a ação.

Isso nos leva novamente a interrogar a adesão dos autores à retórica da libertinagem. Voluntária em Sade, talvez incidental em Laclos, não há como evitar essa adesão quando se trata de "reproduzir", da forma mais fiel possível, o "estilo" dos personagens imorais. Aliás, a exemplo do escritor, o libertino distingue-se pelo requinte de seu trabalho sobre a linguagem, como dão prova os "ditados" de que se vale o pérfido visconde para iniciar seus ingênuos discípulos na arte da dissimulação. Ou, como ilustra melhor ainda, a notável lição de escrita da carta 33, onde Merteuil adverte Valmont sobre a importância de "escrever de maneira verossímil", para que suas mentiras possam passar por inequívocas verdades.[3]

Como então distinguir os "exercícios de estilo" do personagem daqueles do escritor? À medida que se confundem as duas figuras, a ambiguidade inicial de *As relações perigosas* reaparece, ainda com maior força: afinal, como dar conta da suposta "condenação da libertinagem" num texto tão afinado com a retórica licenciosa?

Tais hipóteses, se desenvolvidas, poderiam engendrar conclusões diferentes das formuladas por Raquel de Almeida Prado, indicando um Laclos mais próximo de Corneille e de Sade. Porém, no limite, essa vertente representa apenas outra direção para a análise do romance, o que por certo levaria o intérprete a cair em outras armadilhas do autor. Em se tratando de um livro como *As relações*

---

[3] LACLOS, Chordelos de. *As relações perigosas*. Carlos Drummond de Andrade (trad.). Rio de Janeiro: Ediouro, s.d., p. 62.

perigosas, obra-prima da literatura e obra-mestra da ambiguidade, as interpretações tornam-se irremediavelmente perigosas. No final das contas, a exemplo do que acontece com Cleland, é Laclos quem triunfa sobre seus intérpretes.

O filósofo bacante

"Proponho um desafio, não um livro" — é assim que Georges Bataille apresenta o ensaio filosófico *A experiência interior*, primeira obra publicada sob seu verdadeiro nome, em 1943.[1] Quem conhece o escritor de *Minha mãe, O azul do céu* ou *História do olho*, sabe que seus primeiros livros de ficção erótica, assinados por insólitos pseudônimos, já são marcados por esse firme propósito de desestabilizar o leitor. Autor de extensa obra — que circula pela literatura, a filosofia, a antropologia e outros campos, quase sempre rompendo fronteiras —, Bataille visa, por meio de frases cortantes, ferir as certezas de quem o lê.

O que distingue *A experiência interior*, porém, é que neste livro tal desafio parece ser lançado de forma ainda mais incisiva, tornando--se também mais pessoal. Em diversas passagens, o autor se dirige diretamente ao leitor para solicitar-lhe a cumplicidade na vertigem que propõe: "Não escrevo para quem não poderia se demorar mas para quem, entrando neste livro, cairia como em um buraco". Com o mesmo espírito, ele se mostra apreensivo diante das possíveis reações ao texto: "Se essa leitura não devesse ter para si a gravidade, a tristeza mortal do sacrifício, quereria não ter escrito nada". E reitera, ainda mais determinado: "Quereria escrever um livro do qual não se pudesse tirar consequências fáceis".

Não seria de esperar que, com tais objetivos em mente, Bataille fosse apresentar o conjunto de suas reflexões numa obra convencional. Com efeito, *A experiência interior* é um livro estranho, que desafia o leitor desde a primeira página. Antes de tudo por ser um texto híbrido, reunindo depoimentos pessoais, interpretações literárias, digressões filosóficas, poemas e comentários de toda ordem que nos obrigam a sucessivos deslocamentos no ato da leitura. Daí que caibam tão bem

---

[1] BATAILLE, Georges. *A experiência interior*. Celso L. Coutinho, Magali Montagné e Antonio Ceschin (trads.). São Paulo: Ática, 1992.

a esse ensaio as palavras de Roland Barthes, ao afirmar que Bataille cultiva um saber que sempre "abala o óbvio", que surge onde não é esperado: "Saber burlesco, heteróclito (que pende para ambos os lados) e que já é uma operação de escrita, pois vinda da mistura dos saberes, a escrita põe em xeque as arrogâncias científicas".[2]

Ora, é precisamente essa indeterminação textual e argumentativa que se torna alvo da suspeita de Jürgen Habermas, em *O discurso filosófico da modernidade*, onde afirma o malogro da crítica radical da razão formulada por Bataille. Dedicando um capítulo de seu livro ao autor de *O erotismo*, o pensador alemão coloca em xeque o "vaivém irresoluto" entre a filosofia e a literatura que marca a obra batailliana. Tal juízo sustenta-se na convicção de que o filósofo não pode reivindicar a mesma liberdade do escritor, sobretudo a do escritor erótico, que "arrebata o leitor pelo choque do inesperado e do irrepresentável". Alheio a essa distinção, Bataille busca capturar o sujeito do conhecimento "no seu ponto de ebulição", abandonando-se a um projeto que excede as fronteiras do pensamento conceitual.[3]

Ainda que a crítica de Habermas tenha pertinência para quem só concebe a filosofia como domínio do conceito, ela peca por esquecer que Bataille é herdeiro de toda uma tradição do pensamento francês que, pelo menos desde o século XVII, combina as formas de pensar da literatura às da reflexão filosófica. Essa tradição, que na França setecentista floresceu sob o nome de literatura filosófica, passa por pensadores do porte de um Pascal, de um Voltaire, de um Rousseau, ou ainda de um Sade, este último influência decisiva do autor. Desnecessário dizer que se trata de um pensamento que perde em rigor lógico o que ganha em liberdade de expressão, como deixa evidente o próprio texto de Bataille, que opera tanto com conceitos quanto com imagens, sem observar qualquer hierarquia.

Exemplos não faltam. Tome-se a bela passagem de *A experiência interior* que estabelece diferenças entre o estado domesticado e o estado selvagem, valendo-se da distinção entre planície e montanha; ou, então, aquela que alude à reflexão como "crista espumante";

---

[2] BARTHES, Roland. "As saídas do texto", in *O rumor da língua*. São Paulo: Brasiliense, 1988, p. 214.
[3] HABERMAS, Jürgen. *O discurso filosófico da modernidade*. Ana Maria Bernardo et al. (trads.). Lisboa: Dom Quixote, 1990, pp. 223-4.

ou, ainda, outra que interroga o sentido mais profundo do silêncio evocando "a sombra do calor de verão" ou "a transparência de um raio de lua". Por isso mesmo, entrar em contato com o pensamento batailliano desconsiderando as imagens que compõem seu texto, ou tratando o elemento poético como efeito ornamental, significa dar as costas ao que efetivamente é o seu tempo forte.

Além disso, poderíamos objetar a Habermas que a obra de Bataille não se define primordialmente pelo projeto de crítica da razão, mas antes pela busca de conhecimento dos estados estranhos à razão. A diferença é sutil, porém importante: como toda grande obra, esta também se sustenta menos pelo que nega e mais pelo que afirma. A experiência interior é, nesse sentido, um livro exemplar, dada a agudeza com que o autor apresenta suas ideias e seu método.

"A experiência interior é um movimento em que o homem se põe inteiramente em questão", diz o autor, observando a impossibilidade de abordá-la como ciência, cuja marca é a distância e a impessoalidade. Em oposição à experiência científica — que tem na "mesa de dissecação" sua imagem privilegiada —, a experiência interior pressupõe necessariamente a proximidade, o toque, a ferida. Só é possível, pois, abordá-la viva, no próprio ato, na pulsação do presente. E para tanto Bataille evoca, inspirado em Nietzsche, "o filósofo bacante" que, investindo seus sentidos na reflexão, é capaz de captar "a vitalidade de uma dança".

A dificuldade prática da experiência interior, prossegue o autor, está ligada "à fidelidade canina do homem ao discurso". Por ser irredutível a todo tipo de enunciado, até mesmo o poético, nela o discurso assume sempre um lugar secundário, ou até mesmo dispensável: "O que conta não é mais o enunciado do vento, é o vento". Daí a valorização do silêncio como forma de conhecimento, legado das filosofias orientais que "expõe o espírito sem subterfúgios", revelando os domínios do ser para além de toda operação intelectual.

A experiência interior nos oferece o sopro desse silêncio, aproximando-nos de uma "escuta da respiração", semelhante à dos iogas hindus e tão pouco conhecida pela filosofia ocidental. Metáforas da interioridade, as imagens que evocam o fôlego proliferam nos escritos do autor, como se nos convidassem a respirar em uníssono com ele. "Reencontrar um ar mais puro e prolongar a contestação" — eis o convite e o desafio que Bataille propõe ao seu leitor.

O efeito obsceno

Numa de suas cartas à Madame de Merteuil, em que narra a sedução da jovem Cécile, o Visconde de Valmont se vangloria de ter elaborado "uma espécie de catecismo da devassidão" de grande eficácia na corrupção de sua ingênua discípula. Ao descrever o impacto desse compêndio obsceno, na mesma carta CX de *As relações perigosas*, o sedutor afirma:

> Divirto-me em tudo designar nele somente pelo nome técnico, e rio antecipadamente com a interessante conversação que isso produzirá entre ela e Gercourt, na primeira noite do casamento. Nada mais divertido que a ingenuidade com que ela já se serve do pouco que sabe dessa língua![1]

O método corruptor do libertino consiste precisamente na nomeação das posições sexuais e das partes mais secretas do corpo, valendo-se dessa "língua técnica" cujos termos foram expulsos do léxico da decência. Daí que Valmont se divirta em imaginar uma conversa íntima entre a menina e o futuro marido, já que o simples emprego de tal vocabulário viria a denunciar sua iniciação carnal antes do casamento. Prova disso é que Cécile ignora "que se possa falar de outro modo", conforme recorda o cínico Visconde, a evocar uma vertente da libertinagem setecentista que se distinguia por suas requintadas manobras sobre a linguagem.

Ainda que o próprio Laclos tenha optado por "falar de outro modo" em seu romance epistolar, colocando as palavras decentes a serviço da imoralidade do par de sedutores, é no "catecismo da devassidão" do personagem Valmont que efetivamente se encontram os parâmetros da pornografia, ao menos na modernidade. Em estrita fidelidade ao sentido moderno do termo "obsceno" — já que

---

[1] LACLOS, Choderlos de. *As relações perigosas*. Carlos Drummond de Andrade (trad.). Rio de Janeiro: Ediouro, s.d., p. 193.

o vocábulo latino *obscenus* significava originalmente "mau agouro" —, a tradição pornográfica que se inaugurou na Europa a partir do Renascimento caracterizou-se pela difusão de imagens e palavras que feriam o pudor, fazendo da representação explícita do sexo sua pedra de toque.

Essa é uma das teses centrais da coletânea de ensaios intitulada *A invenção da pornografia — A obscenidade e as origens da modernidade, 1500-1800*, organizada por Lynn Hunt, que investiga a emergência de uma cultura erótica no interior da história moderna. Para os autores do livro, o ponto de partida dessa tradição foi dado pela nova tecnologia de impressão do século XVI, que pôs em circulação reproduções baratas e criou um próspero mercado para o obsceno.

Mas a popularização do material licencioso dificilmente teria se consolidado não fosse também o aparecimento de novas formas de representação da atividade sexual, que, pautadas pela intenção realista, implicavam uma transgressão deliberada da moral. É nesse sentido que o "catecismo da devassidão" de Valmont, visando à corrupção de uma menina, resume a noção moderna de pornografia.

O MUNDO ENTRE AS PERNAS

Se a questão da nomeação torna-se central na compreensão do fenômeno, isso se deve ao fato de que os elementos decisivos para a formação da cultura pornográfica foram dados pela literatura. Ou, mais precisamente, pelos escritos licenciosos de Pietro Aretino, a quem coube um lugar único entre os humanistas do Renascimento que se lançaram à ousada tarefa de desvendar os mistérios do mundo. Isso porque, ao invés de valer-se da filosofia ou de outros saberes legitimados por seus contemporâneos, ele sustentava que os segredos do universo se ocultavam mesmo "entre as pernas". Ou, como sentencia uma de suas personagens mais lascivas: "um par de nádegas sedutoras pode fazer mais do que todos os filósofos, astrólogos, alquimistas e necromantes jamais fizeram".[2]

---

[2] Pietro Aretino citado por Paula Findlen, "O sentido político e cultural mais antigo", in Lynn Hunt (org.), *A invenção da pornografia — A obscenidade e as origens da modernidade, 1500-1800*. Carlos Szlak (trad.). São Paulo: Hedra, 1999, p. 105.

O efeito obsceno 93

A personagem em questão é Nanna que, ao lado de Pippa, forma o célebre par de prostitutas dos *Ragionamenti* (1534-1536), livro que conferiu a certidão de nascimento à moderna ficção erótica ocidental. Ao adotar a forma do diálogo entre mulheres — que se inicia interrogando as melhores profissões femininas para afirmar a superioridade da prostituta sobre a freira e a esposa — Aretino inaugurou um novo modelo de representação da sexualidade. Marcada pela intenção realista, sua obra licenciosa pretendia expor "a coisa em si". "Fale claramente" — aconselha uma das prostitutas — "e, se você quiser alguém, diga 'foda', 'pau', 'boceta' e 'cu'; só os sábios da Universidade de Roma não vão entendê-la."[3]

Ainda que caiba à sua prosa esse papel inaugural, a determinação de Aretino em criar uma representação explícita do sexo antecede em pelo menos dez anos a publicação dos *Ragionamenti*. Escritos em 1525, seus *Sonetos luxuriosos* já buscavam descrever a atividade erótica com o mesmo realismo, construindo um mundo regido pela lógica do olhar. Vale lembrar que os poemas foram inspirados em uma série de gravuras obscenas que se tornaram tão escandalosas quanto populares na época: conhecidas como *I modi*, essas imagens representavam várias posições sexuais, associando fortemente o imaginário pornográfico ao voyeurismo.

Aretino, porém, fez mais do que simplesmente traduzir em palavras o mostruário de posturas eróticas criado por Giulio Romano. Como observa José Paulo Paes, ainda que o sonetista apele para o sentido visual do leitor, é muito mais à sua audição que ele se dirige: "em vez de apenas descrever o ato amoroso, empenha-se amiúde em figurá-lo mediante o uso dramático do diálogo". Trata-se de uma "fala viva" que convoca o leitor a acompanhar cada passo da ação lúbrica, valendo-se de um processo de intensificação retórica que visa a mimetizar o ritmo crescendo do ato sexual. Trata-se, portanto, para empregarmos a justa expressão de Paes, de uma "retórica do orgasmo".[4]

Motor dessa retórica, as palavras obscenas funcionam não só como recurso expressivo, dotado de inegável poder de ênfase, mas

[3] Idem, ibidem, p. 78.
[4] PAES, José Paulo. "Uma retórica do orgasmo", in Pietro Aretino, *Sonetos luxuriosos*. José Paulo Paes (trad.). São Paulo: Companhia das Letras, 2000, p. 36.

também como deliberada violação da norma culta. O emprego do léxico imoral significava, portanto, uma recusa das restrições temáticas dos humanistas, assim como uma subversão das imposições estilísticas dos clássicos vernaculares. Não é surpreende que o alvo primeiro de sua verve cáustica tenha sido o amor-paixão, casto e divino, celebrizado nos versos de Dante e de Petrarca. Empenhado em expressar a lascívia dos amantes que "ofegam juntos, de prazer frementes", o poeta preferia chamar a atenção para as dimensões carnais do amor que seus livros não cansam de exaltar.

Antes de Aretino, a literatura marcada pelo emprego dos "nomes técnicos" ficava restrita a um seleto círculo de patronos e amigos doutos dos escritores licenciosos. Foi o criador dos *Sonetos luxuriosos* quem a tornou acessível a um público mais amplo, muitas vezes inovando seu conteúdo para atender as demandas desses leitores. Por isso, além de sua obra ter gerado grande quantidade de imitações, várias delas escritas por seus discípulos, ela também preparou o palco para a difusão da pornografia nos séculos seguintes, definindo seus temas e suas técnicas de apresentação.

Entre os inúmeros herdeiros do poeta italiano destacam-se em particular os escritores franceses que inauguraram a literatura libertina do Antigo Regime. Nessa pródiga linhagem, *L'école de filles* ocupa um lugar especial: publicados em 1655 por autor desconhecido, os diálogos entre duas jovens primas escandalizaram a corte de Luís XIV, tornando-se tão proibidos quanto populares. Para Joan DeJean, o potencial de corrupção que essa obra representou na época resultava da mesma técnica descrita pelo sedutor de *As relações perigosas*: "Todas as partes do corpo são nomeadas, renomeadas e, se possível, nomeadas novamente, com sua designação anatômica e também com o termo mais vulgar que se possa imaginar".[5]

Logo em seguida apareceria outro título de grande impacto, que ficou conhecido como *L'académie des dames*. Impresso pela primeira vez no ano de 1660, sua versão original em latim ganhou o nome de *Os segredos do Amor e de Vênus de Luisa Sigea*, tendo sido traduzida para o francês em 1680. Por trás do pseudônimo feminino estava o advogado Nicolas Chorier, um erudito que ocupava posição de

---

[5] DeJean, Joan. "A politização da pornografia: *L'école de filles*", in Lynn Hunt (org.), op. cit., p. 69.

destaque na corte francesa do século XVII. Por temer que o escrito obsceno pudesse abalar sua reputação, o jurista apresentava o livro como a tradução latina, realizada por um filólogo holandês, de obra erótica criada pela poeta espanhola Luisa Sigea. Uma fraude como essa, além de preservar a posição social do magistrado, por certo também divertia o humanista, que se deleitava em compartilhar textos clandestinos com uma reservada elite intelectual.

Interessa observar que o livro de Chorier mantém a mesma composição em diálogos que se tornou cada vez mais dominante no erotismo literário europeu, e que reaparece até mesmo nas obras mais tardias do gênero, como *A filosofia na alcova* de Sade, publicada em 1795. Isso não significa, porém, que os primeiros autores da ficção licenciosa francesa tenham se limitado a copiar os modelos renascentistas: segundo Lynn Hunt, os livros libertinos do século XVII revelam o esforço desses escritores no sentido de combinar o diálogo entre mulheres à maneira de Aretino com os diversos elementos presentes nos romances que surgiam então.

A LIBERTINAGEM NO ILUMINISMO

Mesmo assim, foi preciso esperar que o romance se consolidasse como gênero narrativo moderno para que uma nova voga em matéria de escritos obscenos aparecesse. A década de 1740 assinala esse marco, com a publicação de uma série de obras que rapidamente se incorporaram aos clássicos da tradição: entre elas destacam-se textos de vasta ficção libertina francesa como *O sofá*, de Crébillon Fils (1742), *As joias indiscretas*, de Diderot (1748), ou *Teresa filósofa*, de autor anônimo (1748), além do escandaloso romance inglês *Fanny Hill*, de John Cleland (1749). A data aqui se torna particularmente significativa: assim como o romance, a pornografia floresceu no apogeu do Iluminismo, coincidindo também com a crise geral que se instalou não só sobre a França, mas em diversos outros pontos da Europa setecentista.

Essas complexas relações, analisadas em detalhe em *A invenção da pornografia*, são retomadas nos ensaios que compõem o volume

Submundos do sexo no Iluminismo, organizado por G.S. Rousseau e Roy Porter.[6] Os livros estabelecem entre si um vigoroso diálogo histórico, ambos orientados pelas teses de Foucault acerca das transformações capitais que ocorreram nas práticas e nos discursos sobre o sexo a partir do Iluminismo. Se no primeiro título, mais amplo, a história da pornografia é traçada tendo em vista as grandes obras de impacto no período de 1500 a 1800, o segundo dedica-se a investigar o tema lançando mão de fontes menos conhecidas, restritas ao século XVIII.

Lidos em conjunto, esses dois volumes nos levam a concluir que a cultura pornográfica que se popularizou a partir de 1740, mesmo nos seus "submundos" mais incógnitos, desenvolveu-se no interior de conflitos que excederam em muito as polêmicas filosóficas sobre a virtude e o vício. Isso resultou em profundas transformações nas formas de representar a sexualidade. Do ponto de vista literário, essas mudanças se traduziram no aparecimento de uma série de novos personagens, temas e formas narrativas que vieram somar-se aos antigos diálogos entre mulheres voltados para a vida das prostitutas. Em paralelo às inovações formais e temáticas que marcaram o romance europeu a partir da segunda metade do século XVIII, a literatura pornográfica expandiu-se em vertentes diversas, ora aproximando-se da política, da filosofia ou da medicina, ora criando um mundo à parte, completamente imaginário. Além disso, ela também diversificou consideravelmente suas opções formais.

A obra de Sade é, nesse sentido, o melhor exemplo: além de tematizar as mais estranhas práticas sexuais, colocando em cena um panteão inclassificável de personagens, ela se vale de uma variedade de gêneros literários, tais como o romance epistolar, o panfleto político, os diálogos, o *roman noir*, entre tantos outros. Levando essa pluralidade à exaustão, o marquês chegou a criar formas narrativas próprias, como é o caso do "catálogo de perversões" a que deu o título *120 dias de Sodoma*, de 1785. Sade representou, para a nova pornografia que se inaugurou na passagem do século XVIII para o XIX, o mesmo que Aretino para o erotismo literário do Renascimento, e até um fato biográfico, que escapou a Lynn Hunt, confirma sua exemplaridade:

---

[6] Rousseau, G.S.; Porter, Roy. *Submundos do sexo no Iluminismo*. Talita M. Rodrigues (trad.). Rio de Janeiro: Rocco, 1999.

marco na história da pornografia, 1740 também foi o ano de seu nascimento.

Ao contrário dos escritos do poeta italiano, porém, a ficção de Sade e de seus contemporâneos, marcada pela diversidade formal, só veio perturbar uma possível definição literária da pornografia. Embora Paula Findlen reconheça que "é impossível estar inteiramente seguro sobre o que é definido como pornografia quando se escreve sua história", os historiadores da literatura tendem a defini-la como um fenômeno de mercado, "relacionado com a persistência da cultura manuscrita, o impacto da atividade de impressão, a natureza da autoria, a difusão da alfabetização e o processo no qual as palavras e imagens circulavam".[7] Ora, ainda que essa definição seja pertinente do ponto de vista histórico, ela não fornece suportes adequados para que a crítica literária possa particularizar esse tipo de literatura como um gênero específico.

A "COISA EM SI"

A rigor, um "gênero erótico" teria que se definir pela reprodução de certos critérios formais, o que suporia, necessariamente, a obediência a determinadas normas de composição literária. Contudo, salvo algumas exceções como os modelos renascentistas, normalmente as obras pornográficas participam do movimento geral da literatura, sem apresentarem um conjunto próprio de convenções. Para representar o erotismo, esses livros quase sempre se valem das convenções dos gêneros constituídos — como é o caso até de Aretino, que, além dos diálogos, compôs sonetos — ou de formas narrativas inclassificáveis, como testemunham os *120 dias* de Sade.

Por certo, a dificuldade de se estabelecer as diferenças entre o que seria "erótico" ou "pornográfico" — reafirmada pelos historiadores, que preferem empregar os dois termos indistintamente — também decorre da mesma indeterminação formal que impede o reconhecimento de um gênero literário. A questão é enfrentada por Henry Miller, num ensaio escrito por ocasião da proibição de seu *Trópico de Câncer*, em meados dos anos 1930. Nele, o escritor observa que "não é possível

---

[7] FINDLEN, Paula, op. cit., p. 32.

encontrar a obscenidade em qualquer livro, em qualquer quadro, pois ela é tão somente uma qualidade do espírito daquele que lê, ou daquele que olha". Para o autor, essa "qualidade do espírito" estaria intimamente relacionada à "manifestação de forças profundas e insuspeitas, que encontram expressão, de um período a outro, na agitação e nas ideias perturbadoras".[8]

A tese de Miller vem reforçar a impossibilidade de se fixar o estatuto literário da pornografia, na medida em que, para ele, nada existe que seja obsceno "em si". A se crer no escritor, a obscenidade seria fundamentalmente um "efeito". Daí a dificuldade de delimitá--la neste ou naquele livro, nesta ou naquela convenção literária, o que seria confirmado não só pela diversidade de obras consideradas pornográficas em tal ou qual época, mas ainda pelas divergências individuais acerca do que seria efetivamente imoral. Ora, ao esvaziar a pornografia de seus conteúdos e separá-la de suas formas, o autor de *Sexus* abre espaço para interrogarmos a palavra obscena naquilo que a torna distinta de todas as outras palavras, isto é, na sua condição de fetiche.

No centro dessa interrogação reencontramos o catecismo lúbrico de Valmont, a nos lembrar o efeito obsceno produzido pela nomeação explícita das práticas sexuais. O ensaio de Lucienne Frappier-Mazur, que integra o livro *A invenção da pornografia*, é particularmente esclarecedor nesse sentido. Investigando as relações entre verdade e palavra na ficção erótica francesa do século XVIII, a autora concebe os "nomes técnicos" como excessos de linguagem, pois, além de evocarem seus referentes, também atuam como seus substitutivos. À medida que a linguagem da transgressão incita no leitor um desejo autêntico, ela ganha autonomia, tornando-se uma "realidade independente" que muitas vezes supera, ou corrige, o desejo provocado pelo objeto real.

Assim, ainda que se possa "falar de outro modo", conforme recorda o requintado libertino de *As relações perigosas*, só o vocabulário da "língua técnica" consegue alcançar o verdadeiro status de fetiche. Representação privilegiada da atividade erótica, a palavra pornográfica acaba subvertendo sua função abstrata de signo para ganhar um corpo

---

[8] MILLER, Henry. *L'obscénité et la loi de réflexion*. D. Kotchouhey (trad.). Paris: Pierre Seghers, 1949, pp. 9 e 17.

próprio, que, no limite, substitui o corpo real. Ou, como observa Lucienne Frappier-Mazur, numa conclusão provocante também para nossa época de realidades virtuais: "ao contrário das outras palavras, a palavra obscena não só representa mas é a própria coisa".[9]

---

[9] FRAPPIER-MAZUR, Lucienne. "Verdade e palavra na pornografia francesa do século XVIII", in Lynn Hunt (org.), op. cit., p. 137.

Eros canibal

Os mitos eróticos reunidos na antologia *Moqueca de maridos* — assinada por Betty Mindlin e narradores indígenas — propõem uma experiência de leitura das mais desconcertantes.[1] Primeiro, por apresentar um repertório que, longe de evocar uma visão idílica das práticas amorosas nas sociedades tribais, impõe a marca da diferença pela crueldade insólita de suas imagens. Segundo porque, no sentido inverso, esse mesmo imaginário aciona motivos bastante familiares a quem conhece a moderna literatura erótica. Um tal paradoxo, que desconcerta ainda por lançar o leitor no fundo obscuro onde se encontram o diferente e o semelhante, pede explicação.

A ambiguidade entre o distante e o próximo tem sua primeira expressão já no propósito do livro: apresentar a mitologia de sociedades que, apesar de localizadas em território brasileiro, nos são completamente desconhecidas. Os mitos provêm de seis povos indígenas de Rondônia: os Macurap, os Tupari, os Aruá, os Arukapu, os Ajuro e os Jaguti, que falam línguas diversas e têm distintas tradições. Contatadas há cerca de cinquenta anos, essas populações passaram por toda sorte de mazelas decorrentes do convívio com os colonizadores: contudo, suas histórias orais estão intocadas por influências urbanas e correspondem a um período arcaico de vida nas aldeias da floresta amazônica.

O livro dá continuidade ao trabalho de pesquisa que a antropóloga Betty Mindlin vem realizando nas áreas indígenas do Rio Branco e do Guaporé, visando a propor uma possível versão em português desses mitos, de forma a realçar sua riqueza simbólica. Tal como ocorre em *Vozes da origem*, seu livro anterior, são os laços de parentesco que fornecem o solo comum onde se desenrolam as

---

[1] MINDLIN, Betty e narradores indígenas. *Moqueca de maridos — Mitos eróticos*. Rio de Janeiro: Record, 1997.

histórias eróticas. Mas o universo fixo das relações entre os dois sexos que esses mitos privilegiam, longe de impor restrições à fantasmática do desejo, representa apenas o núcleo básico sobre o qual se abrem as possibilidades ilimitadas da imaginação.

A consequência é uma violência erótica que também desconhece limites, potencializada pelo princípio soberano do excesso. Assassinatos, massacres, torturas, estupros e toda sorte de mutilações corporais compõem o repertório de *Moqueca de maridos*, superando e até subvertendo o tom feminista do título da obra. Entre os requintes de crueldade que os mitos indígenas encenam, destacam-se em particular as várias modalidades de antropofagia, um motivo central tanto por sua recorrência quanto pela singularidade de seu imaginário.

É no ponto onde convergem essas tópicas — a violência, o excesso e a antropofagia — que devemos interrogar a imagem da "cabeça voraz", comum a diversos mitos. A versão Macurap conta a história de uma mulher casada cuja cabeça separa-se do corpo todas as noites, à procura de carne e alimento, enquanto o que resta dela permanece na rede abraçado ao marido. Na versão Aruá, a cabeça da esposa, tendo se destacado do corpo em busca de água, passa a ter vida autônoma, acompanhando o marido durante o dia e mordendo sua carne à noite. O tema se desdobra nas histórias sobre a "cabeça voadora", que recordam o mito Kaxinauá explorado por Mário de Andrade em *Macunaíma*.

Figura da insaciabilidade, a cabeça viva que se separa do corpo para dar curso livre à sua voracidade nada tem em comum com a cabeça decapitada — e morta — que as Judiths e Salomés da mitologia cristã exibem como troféus. Ao contrário, no imaginário indígena o motivo capital surge para realçar a vitalidade física de um órgão que se torna autônomo para melhor satisfazer sua ânsia de devoração. Trata-se, portanto, de uma cabeça completamente erotizada, que só obedece aos impulsos da sensualidade.

Sendo a devoração uma metáfora erótica de intensa significação, não é de estranhar que a mitologia indígena associe com frequência o ato de comer ao ato de copular. "Enquanto namorava ia comendo a mocinha" — diz com assustadora simplicidade um mito Tupari, reiterando as afinidades entre o apetite sexual e a gula alimentar que nos propõem outras tantas versões. Numa derivação do tema, um mito Jabuti amplia o campo do erotismo oral ao relatar a história coprofágica dos homens que se escondiam para comer as próprias fezes misturadas com pamonha. Ora, são essas mesmas relações entre o alto e o baixo corporal que a imagem da cabeça voraz parece sintetizar, evocando um tema recorrente na moderna ficção erótica.

Como tópica literária, a associação entre a parte mais elevada do corpo e o baixo-ventre tem longa história. Pelo menos desde Rabelais, com a exaltação do corpo grotesco, há toda uma vertente da literatura europeia que insiste em afirmar uma correspondência essencial entre os órgãos faciais e os genitais, buscando aproximar os ideais espirituais expressos pela cabeça dos imperativos carnais que o sexo representa. Nessa linhagem, o Marquês de Sade ocupa um lugar central, não só por retomar o motivo rabelaisiano do banquete mas sobretudo por transformá-lo num fundamento de sua erótica. Nas ceias e nas orgias de seus personagens, indistintas umas das outras, confundem-se os diversos órgãos do corpo sem qualquer hierarquia: assim como acontece no universo mítico dos índios, no mundo libertino também prevalece o princípio de equivalência entre a boca e o sexo.

Para ficarmos apenas com Rabelais e Sade — aliás, duas das principais fontes do erotismo literário europeu —, vale lembrar ainda a persistência desses autores em representar a avidez de seus personagens por meio dos imaginários da devoração. Tanto num caso como no outro, a metáfora sexual do canibalismo é sempre ampliada pelo ato metonímico da coprofagia: do consumo violento do corpo do outro, o sujeito passa a consumir as matérias que seu corpo produz, como se não houvesse limites para a satisfação de suas pulsões bulímicas. Ou, se quisermos, como se a continuidade lógica da insaciabilidade fosse o consumo do próprio corpo.

Herdeiro dessa tradição, Georges Bataille dedicou boa parte de sua obra ao tema da reciprocidade entre os "dois rostos do homem".[2] As sucessivas substituições que, na sua *História do olho*, se operam entre as partes do corpo — olhos/testículos, anus/boca, cabeça/sexo — também atentam para a dissolução orgânica que estaria no horizonte de toda atividade erótica. Conferindo a esse imaginário um estatuto

---

[2] BATAILLE, Georges . "Le deux visages", in La phénoménologie érotique. *Œuvres complètes*, tomo VIII. Paris: Gallimard, 1976.

filosófico, o autor o propõe como interrogação da identidade humana: quando a cabeça reverte-se em sexo, o homem perde a singularidade espiritual que o rosto lhe confere para obedecer unicamente ao regime intensivo da matéria.

Não deixa de surpreender que um tema de tal gravidade possa ser dramatizado com tanta semelhança em fontes tão distantes entre si como a ficção erótica europeia e a mitologia indígena brasileira. Contudo, talvez valha a pena lembrar que uma das linhas de força da literatura moderna — e em particular da que se ocupa de temas "proibidos" — consiste no esforço de dar palavra ao interdito, ao que foi expulso da memória individual ou coletiva. Nesse sentido, o escritor moderno pode muito bem compartilhar com os narradores indígenas o desígnio comum de explorar os fantasmas das interdições, para dizer precisamente aquilo que não pode ser expresso.

Mas é também aqui, onde vislumbramos a semelhança, que surpreendemos a maior diferença. Se o imaginário da cabeça voraz aciona temas tão caros ao erotismo literário, é preciso sublinhar que alguns de seus desdobramentos permanecem para nós na obscuridade do desconhecido. É o caso dos mitos nos quais a insaciabilidade da cabeça é lançada contra si mesma. Numa versão Aruá, um homem que "era viciado em comer moças", não tendo alimento, passa a comer pedaços de seu próprio corpo; vai cortando e assando os braços, as pernas, a barriga, até se devorar por completo. História exemplar de autofagia, que se desdobra nos mitos em que a cabeça humana é apresentada como iguaria requintada, disputada pelos habitantes da aldeia.

Amplia-se, assim, a dimensão física do motivo capital: da cabeça devoradora, marcada pela intensidade de uma fome que não termina jamais, passa-se para a cabeça que é "boa de comer". Em outras palavras: nada, decididamente nada, escapa à existência superior e impessoal de um excesso violento que se torna exterior ao próprio indivíduo, ameaçando indistintamente toda matéria viva, sem excluir seu próprio corpo. As imagens de autofagia dos mitos indígenas nos colocam diante de um impulso vital obscuro que parece presidir a existência humana e que, por isso mesmo, só pode ser pensado como força cósmica.

Talvez seja essa a razão da significativa ausência de imagens autográficas na literatura erótica. No repertório profano de um Rabelais, de um Sade ou de um Bataille, para ficarmos apenas com os autores citados, a autofagia permanece invariavelmente como tabu, na condição de um fantasma inconcebível. Por certo, essa diferença essencial também demarca as fronteira entre o mito e a literatura, esta esquivando-se dos temas que possivelmente só podem ser tratados numa dimensão sagrada.

Nesse limite, os "corpos imateriais" e os "espíritos materiais" que povoam as histórias de *Moqueca de maridos* — igualmente movidos pela avidez alimentar e sexual, mesmo sem o suporte da matéria — só podem restar para nós como imagens de um paradoxo ininteligível. Se nos desconcertam, e sem dúvida o fazem, talvez seja menos por impedirem nosso reconhecimento no espelho que oferecem, mas por exporem, na simplicidade de seus relatos, os limites do nosso próprio conhecimento.

A ética de um perverso

Em 1921, quando começava a escrever suas memórias, André Gide ouviu de Proust uma advertência: "Você pode contar o que quiser, mas na condição de jamais dizer: Eu".[1] Apesar disso, como revela seu diário, Gide recusou o conselho, insistindo no testemunho em primeira pessoa mesmo nas passagens que exigiam maior prudência. Com isso, ele reforçava um procedimento que iria marcar a literatura homossexual do século XX: a reivindicação de uma voz própria, atravessada pela biografia do autor, cujas ressonâncias se percebem nas obras de Jean Cocteau, Marcel Jouhandeau e Jean Genet, entre outros. Não por acaso, a voz de Gide foi decisiva na consolidação de uma das linhas de força da literatura moderna, a que consiste justamente em dar palavra ao interdito.

A distância geográfica não impediu que Konstantinos Kaváfis se alinhasse a essa tradição, da qual pode ser considerado também um precursor. Vivendo na longínqua Alexandria, fronteira entre o Ocidente e o Oriente, ele concebeu uma poética de tom confessional marcada pela temática dos "amores ilícitos", que o aproxima do pequeno círculo de escritores homossexuais europeus da época. Contudo, um olhar mais atento para sua obra limita a extensão dessa afinidade, como podemos verificar em suas *Reflexões sobre poesia e ética*.[2] Vejamos por quê.

A construção moderna da figura do homossexual, tal como aparece no imaginário literário do início do século, tende a se fixar no sujeito excluído, que, confinado à identidade sexual, se abandona à particularidade absoluta do seu desejo. Distinto do pederasta da antiguidade ou do sodomita da libertinagem setecentista, ele insiste na afirmação de uma diferença que, tornada a medida soberana

---

[1] HOWARD, Richard. "From exoticism to homosexuality", in Denis Hollier (ed.), *A new history of French literature*. Cambridge: Harvard University Press, 1989, p. 841.

[2] KAVÁFIS, Konstantinos. *Reflexões sobre poesia e ética*. José Paulo Paes (trad.). São Paulo: Ática, 1998.

de suas relações com o mundo, ecoa até os confins da desmedida. É nesse ponto que o poeta grego alexandrino se distingue de seus contemporâneos: o que parece ser a conclusão dos escritores franceses desde Gide — a convicção do caráter excessivo, e portanto fora de controle, do Eros homossexual — circunscreve para Kaváfis um vasto campo de interrogações. Isso porque sua literatura dedicada aos "prazeres ilegais" supõe um controle que, inesperado, pede explicação.

A reserva é um dos traços distintivos da lírica kaváfiana. Nela, como observa Marguerite Yourcenar, "a emoção é voluntariamente afastada; e a ironia, quando existe, suavizada com requinte, mata sem que se sinta a ferida".[3] Nem mesmo a volúpia sensual, que constitui o centro dessa poética, escapa ao tratamento despojado: ainda que celebre o "amor dos sensuais extremados", a voz de Kaváfis não se rende ao excesso, reiterando sua deliberada recusa do exagero. Esse controle de expressão tende a ser interpretado ora como um recurso de que se vale o poeta para camuflar a homossexualidade, ora como resultado do viés rememorativo de sua poesia, na qual a experiência erótica é sempre evocada *a posteriori*. Mas tal reserva traduz também uma preocupação moral que, explícita nos poemas históricos, se insinua como tema de fundo das inquietações do autor.

Nesse sentido, os pequenos textos em prosa que compõem as *Reflexões* são exemplares. Escritas entre 1902 e 1911 — ano este que Kaváfis demarca como início de sua obra literária —, essas anotações pessoais sintetizam o singular empenho do autor no sentido de buscar uma dimensão ética que leve em conta a posição oblíqua do perverso. Sua visada, portanto, não se esgota na consciência da transgressão nem tampouco se concentra numa atitude reivindicativa; ao contrário, ela supõe um campo de valores no qual se possa considerar a experiência humana do homoerotismo: "Não sei se a perversão dá força. Às vezes acho que sim. Mas não há dúvida de que é fonte de grandeza" — diz ele numa nota.

Se a ideia de grandeza nos convida a pensar numa qualificação ética, seria equivocado ver aí um apego a valores abstratos que, alheios às particularidades, impedem o reconhecimento das fraquezas

---

[3] YOURCENAR, Marguerite. "Apresentação crítica de Konstantinos Kaváfis", in *Notas à margem do tempo*. Rio de Janeiro: Nova Fronteira, 1988, p. 158.

humanas. Antes, é o "sentimento de fragilidade das grandezas" que interessa ao poeta, como confirma num de seus versos. "Tudo o que é grande acontece longe da praça pública" — esclarece ele em outro verso, sugerindo que a grandeza é um valor de foro íntimo. Com efeito, na introdução aos *Poemas* do autor, José Paulo Paes lembra que Kaváfis se fez herdeiro de uma tradição do pensamento grego, cuja origem coincide com o declínio da pólis democrática, na qual a preocupação em preparar o cidadão para a vida cívica foi substituída pelo cuidado de seu desenvolvimento interior enquanto indivíduo. À margem da sociedade, o poeta encontra uma equivalência para suas inquietações na Grécia do período alexandrino, quando se consolida uma ética individual em que o sujeito retoma para si a responsabilidade de seus atos.

É nessa chave que devemos ler uma das mais agudas notas do livro, onde o autor indaga a validade de se qualificar um indivíduo como "perverso". De um lado, o sujeito que pratica a perversão com dor de consciência não pode ser identificado como tal, pois ele "desgosta de suas próprias ações & elas não mais lhe pertencem". De outro, quem se compraz inconscientemente nas próprias perversões também "não é um perverso de fato, já que não é responsável por isso". Em ambos os casos, o que Kaváfis coloca sob suspeita é a legitimidade de um diagnóstico que aliena o indivíduo de seus próprios atos e, com isso, o exime de qualquer responsabilidade consigo mesmo. Assim, dada a impossibilidade de nomear o homossexual fora desse discurso, cumpre ao poeta denunciar a ineficácia das palavras.

"Quer dizer então que não existe a perversidade?" — pergunta o autor na conclusão da mesma nota, como que insinuando a necessidade de uma ética da linguagem. Porém, ainda que suas reflexões sobre poesia desemboquem com frequência no juízo do senso comum ou da opinião corrente, seu olhar crítico rejeita qualquer pretensão de superioridade. José Paulo Paes — que, como nenhum outro entre nós, soube reconhecer as dimensões mais graves dos textos eróticos, normalmente ofuscadas por seu teor escandaloso — chama a atenção para a recusa do poeta em se colocar acima do bem e do mal, como fazia o imoralista gideano. Na mesma apresentação aos *Poemas*, ele observa que a lírica de Kaváfis nunca se elevou sobre suas preocupações morais, em sintonia com a tradição helênica, que "desde os tempos homéricos empregava uma mesma palavra, *tò kalón*, para designar simultaneamente a beleza e a virtude".[4]

Marcada pela nostalgia desse passado, a obra de Kaváfis traduz um impasse. Se, de um lado, ele afirma seguir o exemplo dos antigos — cujos textos eram "inspirados em suas paixões amorosas" —, de outro, lamenta não poder escrever na língua de seus contemporâneos franceses, "que discutem corajosamente os aspectos desse amor menosprezado há séculos". Menos que uma contradição, essa ambiguidade revela os limites dos modelos que a lírica erótica da Antiguidade lhe oferece: quando a expressão esbarra na força de um preconceito que os antigos desconheciam, só resta ao poeta declarar sua cumplicidade com os modernos.

Tal como um espelho de dupla face, os distintos modelos do passado e do presente desafiam o Eu poético de Kaváfis a se reconhecer ora no pederasta antigo, ora no homossexual da modernidade. Na tensão desse impasse, entre o hedonismo responsável de um e a transgressão escandalosa do outro, o poeta alexandrino mantém viva uma interrogação de fundo ético que, pelo simples fato de ser enunciada na época em que ele o faz, marca a singularidade de sua voz.

---

[4] PAES, José Paulo. "Lembra, corpo: uma tentativa de descrição crítica da poesia de Konstantinos Kaváfis", in Konstantinos Kaváfis, *Poemas*. Rio de Janeiro: Nova Fronteira, 1992, p. 47.

Amantes

Breton diante da esfinge

Nada dos inóspitos rochedos de outrora, onde criaturas monstruosas ameaçavam solitários viajantes. Quando André Breton publica *Nadja*, em 1928, os enigmas humanos já ecoam em novo endereço há muito tempo.[1] É nas cidades que eles então repercutem, quase sempre nos ouvidos de caminhantes distraídos, entregues aos próprios devaneios em meio ao burburinho da multidão.

Pelo menos desde meados do século XIX, as modernas capitais europeias se converteram em espaço privilegiado das grandes interrogações metafísicas, acolhendo a inquietude dos espíritos sensíveis que não cessam de explorar suas esquinas mais obscuras. Nessa cartografia, de referências a um só tempo concretas e imaginárias, a cidade de Paris ocupa um lugar especial, sobretudo nos escritos literários, que não raro a envolvem em misteriosa aura.

Breton e seus amigos são herdeiros de toda uma geração de autores oitocentistas — entre eles, Zola, Victor Hugo e Eugène Sue — que vasculhava as ruas da capital francesa buscando vias de acesso às regiões mais secretas da alma humana. Porém, os "mistérios de Paris" que inspiram as incansáveis caminhadas do grupo surreal pela cidade se encontram, antes de tudo, nos roteiros esboçados por Lautréamont, Huysmans e Nerval. Influências declaradas do criador de *Nadja*, esses escritores se distinguem por sondar os aspectos mais banais do dia a dia parisiense sob as poderosas lentes da imaginação.

A afinidade com o autor dos *Cantos de Maldoror* passa pela obsessão por passagens, becos e vielas que cortam o centro da capital, cujos acessos seu insólito personagem descobre por acaso, ao perambular pelas calçadas dos grandes bulevares. Além disso, o recurso sistemático de metáforas aquáticas nas referências de Lautréamont à

---

[1] Breton, André. *Nadja*. Ivo Barroso (trad.). São Paulo: Cosac Naify, 2007.

cidade também inspira o mentor do movimento surrealista, que se vale delas com particular deleite.

Na Paris falsamente artificial de Huysmans, por sua vez, o que atrai Breton é o inventário minucioso dos tesouros ocultos no cotidiano urbano. Percebendo aí uma disposição de espírito que antecipa uma visada resolutamente surrealista, Breton reconhece nele "maneiras tão iguais às minhas de apreciar tudo quanto se nos apresenta".

Para além dos ecos de Lautréamont e Huysmans, porém, o que prevalece em *Nadja* é a Paris onírica de Nerval. A começar pelo itinerário escolhido, evocando locais de intensa significação para o criador de *Aurélia*, a exemplo da praça Dauphine, que desperta sentimentos igualmente ambíguos no narrador: "Cada vez que estive lá, senti que me abandonava pouco a pouco o desejo de sair, precisando argumentar comigo mesmo para escapar desse enlace tão suave, tão agradável e insistente demais e, em última instância, aflitivo". Ambiguidade que ecoa num trocadilho da personagem, jogando com o nome da praça e a palavra *dauphin* [golfinho], o animal com quem os surrealistas identificavam o escritor num dos jogos que o grupo praticava.

Ao divisar um elo secreto entre lugares e palavras, Breton vai revelando não só a natureza do passeio surreal mas também o intento de um livro que pretende explorar os pontos de contato entre a vida e o sonho. Para tanto, ele captura a paisagem citadina com o mesmo olhar oblíquo de seus inspiradores, no empenho de decifrar os signos urbanos como mensagens secretas que lhe dizem respeito.

Assim, passando do plano real ao imaginário como quem troca de calçada, o caminhante surrealista também se deixa levar por forças incógnitas, alheias a seu entendimento: "Não sei por que é para lá, de fato, que meus passos me levam, que vou para lá quase sempre sem objetivo determinado, sem nada de decisivo a não ser esse dado obscuro de saber que ali vai acontecer *isto* (?)". Inquietação que sua parceira de errância esclarece numa fórmula tão breve quanto categórica: "Mas não existe passo perdido".

* * *

A disponibilidade para os mistérios da cidade — que o surrealismo herda do *flâneur* de Baudelaire e do poeta em *état de surprise* de Apollinaire — será decisiva para o aparecimento de uma tópica central do movimento: a noção de "encontro fortuito". Central também em *Nadja*, ela traduz um dos fundamentos da atividade do grupo, dando origem à ideia de "acaso objetivo", que Breton cria inspirado nas teses de Hegel em torno do "lugar geométrico das coincidências". Na base de tal conceito está o desejo de confrontar o acaso e a necessidade, visando investigar as ocorrências subterrâneas que precipitam os encontros significativos.

Acaso objetivo exemplar ocorre na calçada de uma das grandes artérias parisienses, quando o autor vislumbra a desconcertante figura de Nadja, com a qual vai empreender um percurso iniciático tão intenso quanto transformador. O lugar do encontro indica uma das diagonais que orientam a Paris dos surrealistas: a rua La Fayette — que Breton insiste em grafar como Lafayette, instaurando uma geografia imaginária —, localizada em uma região conhecida pelas ocupações de sua população feminina. Vale dizer, um bairro que se tornara popular por suas videntes — tais como Mlle. Couesdon ou Mme. Thèbes, célebres cartomantes da época, que acolhem as incertezas de uma geração de artistas ávidos por descobrir os segredos do futuro —, ou por suas prostitutas, cujos "olhos violeta" atraem mas também assustam o escritor, que associa a cor à ideia de violação ou de violência.

Difícil imaginar paisagem mais adequada para reunir esses dois caminhantes que um local destinado às práticas da adivinhação e do erotismo, ambas suscitando o mesmo sentimento de fascínio e medo que dá o tom do relato. Aliás, a relação do par se sustenta o tempo todo nesse ponto de toque entre a vidência e o amor, abrindo ao *flâneur* surreal as portas de uma cidade mágica e decididamente feminina. Nela, o autor vai cruzar com outras mulheres improváveis que, a exemplo de sua heroína, antecipam traços daquela mulher-vidente exaltada em *L'Amour fou* (1937) e *Arcane 17* (1945).

Pitonisa moderna por excelência, Nadja interpela Breton com interrogações enigmáticas desde sua primeira aparição, tal qual uma esfinge cosmopolita. Não surpreende, portanto, que seja ela a orientar o labiríntico passeio do escritor pelas ruas de Paris, à procura de uma resposta para o enigma que preside o romance desde a primeira frase: "Quem sou?".

* * *

A figura da esfinge é recorrente neste livro, embora quase sempre se apresente de forma cifrada, fazendo jus ao mito que a notabilizou. Basta lembrar a insistência com que o autor indaga a própria identidade, não raro por meio de enunciados obscuros. Basta recordar ainda a alusão ao insólito Hotel Sphinx, onde a heroína supostamente se hospedara ao chegar à capital — sem contar o fato de que esse era também o nome de um bordel de luxo frequentado pelos parisienses de 1926... Some-se a isso sugestão do ser mitológico nas palavras e nos desenhos de *Nadja*, em franca sintonia com o interesse que ele suscita na consciência surreal.

"Não sabíamos nós, de longa data, que o enigma da esfinge diz muito mais, e coisa bem distinta, do que parece dizer?" — a questão formulada por Breton em *Vie légendaire de Max Ernst* (1942) resume tal interesse, confirmando sua determinação em propor novas interpretações para os enigmas impostos pela personagem mítica que, por seu caráter sombrio, parece tramar laços profundos com a sensibilidade moderna.[2] A reinvenção do monstro passa, antes de tudo, pela dessacralização das tradições que o sustentam na qualidade de uma simbólica acabada: "Nós dispensamos os tesouros da imaginação. Figurar a esfinge como um leão com cabeça de mulher pode ter sido poético outrora. Espero que uma verdadeira mitologia moderna esteja em formação" — observava o autor desde *Les pas perdus* (1924).[3]

Convicção partilhada por vários membros do grupo, que não poupam esforços para libertar a criatura de suas formas convencionais, rejeitando a simbólica fixada pelo modelo grego. Contudo, o alvo dessa recusa não é mito enquanto tal, mas o falacioso "culto aos antigos", que os surrealistas desprezam na esperança de criar uma nova mitologia, contemporânea aos dilemas de seu tempo.

---

[2] André Breton citado por Maillard-Chary, in *Le bestiaire des surréalistes*. Paris: Presses de la Sorbonne Nouvelle, 1994, p. 197.

[3] BRETON, André. "Les pas perdus", in *Œuvres complètes*, tomo I. Paris: Gallimard, 1988, p. 251. (Bibliothèque de la Pléiade)

Paul Éluard, por exemplo, ao evocar o legendário monstro numa tela de Picasso — "A massa enorme e escultural dessa mulher em sua poltrona, a cabeça grande como a da Esfinge, os seios cravados no peito" — esboça uma caracterização que apaga em definitivo as referências antigas: "O rosto de traços miúdos, a cabeleira ondulada, a axila deliciosa, as costelas salientes, a camisa vaporosa, a poltrona doce e confortável, o jornal cotidiano".[4] Livre das referências tradicionais, a nova esfinge será encontrada nos locais mais prosaicos da cidade, sempre em sintonia com a dinâmica transitória da vida cosmopolita. Errante e provisória, ela vai ostentar vários rostos para, então, revelar as múltiplas faces do enigma.

Entende-se por que, justo num livro em que a fotografia é tão importante quanto o texto, não haja uma só imagem a identificar os traços de sua heroína: portadora de uma interrogação, Nadja não pode se confinar aos contornos de um rosto. Melhor dizendo, o que se mostra nela é precisamente o mistério, assim como ocorre com "as esfinges desconhecidas", evocadas por Aragon em *O camponês de Paris*,

> que interrompem o caminhante sonhador quando conseguem atrair sua distração meditativa, que não lhe propõem questões mortais. Mas se souber adivinhá-las, esse sábio que então as interroga terá diante de si, graças àqueles monstros, seus próprios abismos para sondar de novo.[5]

Não surpreende, portanto, que os dois amigos acabem sucumbindo à mesma aparição, como registrado em *Les pas perdus*, quando percorrem em vão um bairro de Paris à procura de uma desconhecida, justificando sua peregrinação pelo fato de "não poderem renunciar a conhecer a palavra do enigma". Intui-se nessas passagens sentimento semelhante ao que Breton confidencia quatro anos depois em *Nadja*, ao recordar "o apelo irresistível que nos levou, a Aragon e a mim, a retornar aos mesmos pontos onde nos havia aparecido aquela verdadeira esfinge sob a aparência de uma jovem encantadora, indo de uma calçada a outra, a interrogar as pessoas que passavam".

De fato, a trama sinuosa da narrativa, marcada pela perambulação de seus protagonistas, repousa sob o signo de uma busca incessante

---

[4] Paul Éluard citado por Maillard-Chary, in *Le bestiaire des surréalistes*, op. cit., p. 200.
[5] ARAGON, Louis. *Le paysan de Paris*. Paris: Gallimard, 1986, p. 20.

que jamais encontra termo. Tema recorrente em diversas obras do surrealismo, e onipresente neste livro, que conclui a nostálgica procura ao constatar "a falta de resultados dessa perseguição, que o tempo decorrido teria tornado sem esperança — foi a isso que Nadja chegou de imediato".

Curioso notar que a aparição da personagem na vida do escritor, de certa forma motivada pela interrogação sobre si mesmo, acaba por lançá-lo na incógnita da alteridade. É ele mesmo a admiti-lo, no exato momento em que depara com a esfinge da rua Lafayette, ao substituir sua questão inicial por "uma pergunta que resume todas as demais": "uma pergunta", diz o autor, "que só eu faria, sem dúvida, mas que, pelo menos uma vez, encontrou resposta à altura: 'Quem é você?'".

* * *

"Eu sou a alma errante" — responde Nadja sem hesitar, oferecendo a Breton um espelho de múltiplas faces, que vai desmentir qualquer promessa de unidade do "eu" para lançar a indagação inicial do romance ao seu ponto de fuga. Daí que, logo após o encontro capital, o próprio autor vá recolocar sua dúvida em outros termos, olhando para si como um estrangeiro. Prova disso está na determinação de repensar seu lugar no Universo a partir dos outros, perguntando-se: "O que, entre todos os demais, vim fazer neste mundo, e qual é a mensagem ímpar de que sou portador, a ponto de só a minha cabeça poder responder por seu destino?".

Indiferente aos problemas da identidade, a resposta da jovem esfinge lhe aponta um caminho oposto ao de Édipo, uma vez que o herói fundante de nossa cultura representa a metáfora do homem que toma consciência de si, realizando os desígnios da célebre inscrição grega "conhece-te a ti mesmo". Ao contrário, a irrestrita adesão de Nadja à errância supõe uma personalidade à mercê do transitório, e capaz de desdobrar-se em diversos "outros".

Desnecessário lembrar que a recusa do princípio de identidade é uma tópica central do movimento, explorada em vários sentidos pelo grupo. Breton interpreta tais desdobramentos como fatores determinantes na formação espiritual dos poetas modernos, aos quais se devem as mudanças capitais da imaginação europeia. Considerados "surrealistas *avant la lettre*", eles teriam sido os primeiros a expressar uma dúvida radical a respeito da afirmação "Eu sou", como se evidencia tanto no "*Je est un autre*" de Rimbaud quanto, para nos limitarmos apenas a duas referências citadas, nas transfigurações da protagonista de *Aurélia* de Nerval ou nas vertiginosas mutações do *Maldoror* de Lautréamont.

Ora, a grande atração que a figura equívoca de Nadja vai exercer sobre o mentor do surrealismo deve-se sobretudo ao fato de ela manifestar, no plano existencial, essa mesma inquietação que, desde o século XIX, vai alterar em definitivo a consciência da identidade. Instável por definição, a jovem ostenta um estado mental vago e ambivalente, como se abrigasse dentro de si aquele "hóspede desconhecido" de *Les vases communicants* (1932), ou a própria "testemunha assombrada" que, no livro, descreve o sujeito surpreendido consigo mesmo.

Importa sublinhar que, ao deslocamento físico dos personagens, marcado pela desorientação e pela disponibilidade para a surpresa, corresponde um deslocamento mental de semelhante porte e intensidade. Ao trajeto errante, uma alma igualmente errante.

Assim, entre o percurso do caminhante surreal e o curso de seu pensamento estabelecem-se nexos inesperados, já que ambos recusam as rotas conhecidas em função da exploração do desconhecido. A perambulação pelas ruas de Paris supõe, portanto, o desejo de soltar as rédeas do espírito, de abandonar-se a seus ritmos incertos e hesitantes, de acolher enfim sua própria possibilidade de errar. Exploração arriscada, que prescinde da orientação de mapas e bússolas — mas que, por isso mesmo, conduz à descoberta da poesia. Aos olhos de Breton, Nadja representa a própria encarnação dessa aventura sensível.

"A beleza será CONVULSIVA ou não será" — afirma o autor no final do romance, numa expressão que associa, em definitivo, sua singular personagem ao paradigma fundamental da poética surrealista. Em *L'Amour fou*, ele retornaria ao tema, para reiterar seu mote central, confirmando a primazia da beleza convulsiva como fonte da criação artística. A máxima de Breton traduzia o sentimento estético de todo um grupo de escritores e artistas que, ao dar as costas às exigências da identidade, se entregava com paixão ao projeto de duvidar das formas e de deslocar continuamente os sistemas de referência.

Mais tarde, inspirado no desfecho de *Nadja*, seria Max Ernst a reconhecer nessa concepção de beleza uma notável ampliação da consciência: "A identidade será convulsiva ou não será".[6] De fato, no decorrer dos quase dez anos que separam as duas frases, o surrealismo deixou de ser uma simples carta de princípios para realizar uma das grandes subversões poéticas da modernidade. E a desconcertante Nadja, encontrada ao acaso numa calçada de Paris, deixou de ser apenas uma figura-chave da mitologia pessoal de Breton para se tornar ela mesma um mito, a ecoar enigmas do igualmente desconcertante século XX.

---

[6] ERNST, Max. *Escrituras*. Pere Gimferrer e Alfred Sargatal (trads.). Barcelona: Polígrafa, 1982, p. 213.

Amor, sentimento estranho

Por volta de 1864, quando começava a escrever *A educação sentimental*, Flaubert confidenciou numa carta: "Estou escrevendo um romance de costumes modernos que se passará em Paris. Será a história moral dos homens da minha geração; a história 'sentimental', para ser mais exato. É um livro de amor, de paixão; mas da paixão como pode existir hoje, isto é, inativa".[1]

O título do romance não deixava dúvidas: o escritor francês queria contar a história amorosa de seus contemporâneos, tocando nos pontos nevrálgicos de uma sociedade que, aos seus olhos, parecia bem mais empenhada na *deformação* do que na *formação* da vida afetiva de seus cidadãos. Nada mais patético que as cenas de amor de *A educação sentimental*; nada mais "inativo" que a paixão vivida pelo herói do romance.

É justamente dessa dimensão do amor, expressa com agudeza por Flaubert, que o leitor sentirá falta ao percorrer as páginas do último livro de Octavio Paz, *A dupla chama*.[2] Talvez se possa dizer que há, nesse ensaio sobre o amor e o erotismo, certo princípio de circularidade que lança a dimensão histórica para um segundo plano, menos relevante: "é preciso distinguir entre o sentimento amoroso e a ideia de amor adotada por uma sociedade e por uma época" — adverte o autor.

O projeto de Paz é, portanto, bem diverso do de Flaubert: menos que traçar uma história sentimental projetada para o presente, o que ele pretende é proclamar a universalidade da paixão amorosa. Daí sua crítica ao conhecido livro de Denis de Rougemont, *O amor e o Ocidente*: este, segundo a visão do escritor mexicano, privilegiaria a dimensão temporal, desconsiderando o sentimento "na sua forma

---

[1] FLAUBERT, Gustave. *Cartas exemplares*. Duda Machado (trad.). Rio de Janeiro: Imago, 1993, p. 214.
[2] PAZ, Octavio. *A dupla chama — amor e erotismo*. Wladyr Dupont (trad.). São Paulo, Siciliano, 1994.

sumária". Daí também o fato de Paz propor um método de análise bem mais próximo da geografia que da história: "desenhar os limites entre o amor e as outras paixões como aquele que esboça o contorno de uma ilha no arquipélago".

Para tanto, o autor se vale de um paradoxo que lhe permite definir esse "sentimento estranho": o amor é predestinação e escolha, atração e vontade, acionando poderes objetivos e subjetivos, cruzando destino e liberdade. Essa definição, que constitui o eixo central do ensaio, é testada em várias direções: da mitologia hindu à grega, da poesia latina aos poetas da modernidade, dos textos místicos aos libertinos, das literaturas árabes ao romance moderno, das reflexões filosóficas às científicas. Por meio desse roteiro, o leitor é convidado a acompanhar a tese de Octavio Paz à luz de inúmeros referenciais de pensamento, e de uma variedade de temas que vão do amor cortês à Aids ou da ioga à inteligência artificial, só para citarmos alguns.

O percurso do livro reflete, por assim dizer, a trajetória intelectual do próprio autor: ao longo da leitura reencontramos o pensador erudito de *O arco e a lira* e de *O labirinto da solidão*, escrevendo com igual sensibilidade e segurança, assim como reconhecemos o homem maduro que, com a urgência e a liberdade de quem completou oitenta anos, escreve como quem deixa um testamento. É possível, pois, ler *A dupla chama* como a utopia afetiva de Octavio Paz, para assim vinculá-la a toda uma linhagem literária que sonha com uma "arte de amar" que seria também uma "arte de viver", tal como se encontra no antigo *Kama sutra* de Vatsyayana ou nos modernos *Fragmentos do discurso amoroso* de Roland Barthes.

Mais ainda, é possível reconhecer nessa utopia a profunda afinidade intelectual e poética entre Paz e os surrealistas. Lemos no verbete "amor", assinado por André Breton e Paul Éluard, incluído no *Dicionário do surrealismo* (1938): "O amor recíproco, o único de que nos ocupamos, é aquele que põe em jogo o incomum na rotina, a imaginação no habitual, a fé na dúvida, a percepção interior na imagem exterior".[3]

Trata-se, por certo, de uma definição que também conjuga dimensões objetivas e subjetivas, não muito distante das aproximações

---

[3] BRETON, André; ÉLUARD, Paul. "Amor", in *Diccionario del surrealismo*. Miguel Haslam (trad.). Buenos Aires: Renglon, 1987, p. 6.

Amor, sentimento estranho **123**

propostas por Paz. Vale lembrar que a célebre noção de "acaso objetivo", central em *Nadja* e em *O amor louco*, coloca em cena a mesma interseção de duas séries de eventos, uma de caráter totalmente fortuito, a outra resultante de determinações concretas. Aliás, precisamente por conjugar atração e escolha, o encontro amoroso figura como a revelação maior do que Breton chamou de "encontro subjetivado ao extremo", a exemplo das "petrificantes coincidências" descritas em *Nadja*.

Se os surrealistas não inventaram o amor, certamente coube a eles o mérito de empreender, em pleno século XX, uma obstinada busca sensível no empenho de reencontrar a unidade do físico e do espiritual num domínio ameaçado pela depravação ou, ao contrário, pelo idealismo. Nem libertinos, nem românticos, mas reconhecendo igualmente a força do desejo, eles transformaram o amor em uma alavanca para reedificar o mundo. "O poeta se abisma na mulher amada que assume as dimensões do universo" — escreveu Aragon em *O camponês de Paris*, fazendo eco à apologia do "amor sublime" realizada por Benjamin Péret.[4]

Esboça-se aí um ideal do amor eletivo, que recusa a ideia de "prazer pelo prazer", em função de uma aspiração superior do homem. "Foi exemplar" — diz Octavio Paz em *A dupla chama* — "que nos momentos da grande desintegração moral e política que precedeu à Segunda Guerra Mundial, Breton tenha proclamado o lugar cardeal do amor único em nossas vidas." E conclui, deixando claras suas afinidades: "Nenhum outro motivo poético deste século fez isso, e aí reside a superioridade do surrealismo; uma superioridade não de ordem estética, mas espiritual".

Paz entrou em contato com o surrealismo no final dos anos 1930, quando se envolveu com os movimentos de vanguarda mexicanos, na mesma época em que Breton visitou o México para encontrar-se com Trotski. Foi, porém, entre 1946 e 1951, vivendo em Paris como diplomata, que ele se aproximou definitivamente do grupo. Obras como *Águila o Sol?* (1951) ou *Piedra de sol* (1957), traduzidas para o francês por Péret, guardam a marca desse encontro, cujos ecos se fazem ouvir também nos ensaios reunidos em *Corriente alterna*.

---

[4] ARAGON, Louis. *O camponês de Paris*. Flávia Nascimento (trad.). Rio de Janeiro: Imago, 1996, p. 228.

Seria equivocado circunscrever a vasta e rica obra de Octavio Paz apenas ao movimento criado por Breton; mas é inegável que *A dupla chama* traz não só a inspiração surreal como reatualiza sua utopia amorosa. À famosa evocação de Max Ernst nos anos 1930 — "é preciso reinventar o amor" —, o autor faz eco, no final deste livro, ao dizer que "reinventar o amor é reinventar o casal original, os desterrados do Éden, criadores deste mundo e da história".

A dupla chama é uma apologia à felicidade solar da paixão amorosa, que deliberadamente "deixa de lado as imagens mais noturnas do amor". Não é pouco, convenhamos, e uma utopia dessas deve valer a aposta alta. Porém, como os lances amorosos nunca têm garantia, ainda somos obrigados a dar conta dos fracassos afetivos que lemos em Stendhal, ou das paixões inativas que tanto inquietaram Flaubert, se quisermos escrever a nossa história sentimental. E, a partir daí, buscar pistas para responder à questão que Octavio Paz coloca, num dos últimos capítulos do livro, mas deixa sem resposta: "que lugar tem o amor num mundo como o nosso?".

Vestígios de uma ausência

Entre os recursos narrativos que prometem prender a atenção do leitor, o que menos interessa a Henry James talvez seja a surpresa de um final. Tal é sua indiferença para com a conclusão da trama que, já no primeiro parágrafo de *A Madona do futuro*, ele revela o fim da história.[1] Trata-se do drama de um pobre sujeito que, na tentativa obstinada de pintar um só quadro, fracassou — com essas poucas palavras, o narrador introduz o caso de Teobaldo aos participantes de uma pequena reunião, cuja conversa girava em torno dos artistas que haviam produzido uma única obra-prima.

A história banal do melancólico aspirante a pintor não é, por certo, o que mais importa a James. Melhor dizendo, ela só lhe interessa na medida em que abre todo um campo de indagações psicológicas sobre a humana condição do fracasso. É precisamente nesse sentido que a vida do protagonista da novela se torna exemplar: o norte-americano Teobaldo, além de almejar a perfeição dos grandes mestres de Florença, também acreditava ter encontrado o modelo ideal para a composição de sua obra-prima. Movido por essa aspiração, ele passa toda a vida imaginando que um dia viria a pintar o retrato dessa mulher para igualar-se a um Rafael ou a um Tiziano. Mas nada disso acontece e, com o passar do tempo, ele é obrigado a se defrontar com a constatação patética e cruel de que sua bela "madona" começava a envelhecer. A grande obra imortal que ele havia idealizado se resumia a um pedaço de tela vazia, descolorida e rachada pelo tempo, ocupando o centro do miserável quartinho onde o narrador assistiria à sua morte.

O fracasso é um tema recorrente na prosa de James. Diversos textos de sua vasta produção literária propõem como personagem central um tipo particular de sujeito que, fracassando nesta ou naquela expectativa, dos outros ou de si mesmo, acaba impedindo

---

[1] JAMES, Henry. *A Madona do futuro*. Arthur Nestrovski (trad.). Rio de Janeiro: Imago, 1997.

o curso esperado dos acontecimentos. Esse é o motivo que estrutura algumas das obras maiores do autor, como o romance *Retrato de uma senhora* ou a novela *A fera na selva*. No primeiro, James coloca em cena uma jovem cujo futuro grandioso, sonhado e potencializado pelo recebimento de uma herança, vai sendo implacavelmente destruído pelas artimanhas da vida. Na segunda, o tema ganha sua nota mais dramática, na medida em que os dois protagonistas — tais como "feras à espreita na selva" — passam a existência inteira aguardando o acontecimento extraordinário que lhes estava reservado, e que obviamente não se realiza.

Esses exemplos talvez sejam suficientes para indicar que, se James não se interessa pelo "final da história", isso acontece porque a própria "história" é, para ele, de certa forma irrelevante. Com efeito, no prefácio ao *Retrato de uma senhora*, ele se refere à "trama" como "palavra nefasta", associando-a "àquelas situações que por uma lógica própria imediatamente se transformam, para o fabulista, em uma marcha ou corrida, em um tropel de passos rápidos". Em vez de lançar mão desses recursos, ele admite que prefere vasculhar as "forças ocultas" da expansão de uma ideia para, assim, tentar "recuperar a história íntima em questão". Ainda no mesmo texto, recordando as palavras do amigo Ivan Turgueniev — que dizia ser acusado de não ter "história" suficiente —, James reitera sua determinação em economizar nos "incidentes" para investigar a vida interior das personagens.[2]

Não são, portanto, as peripécias da aventura romanesca que estão na mira do escritor, mas sim o turbilhão dos acontecimentos mentais. Os sujeitos fracassados servem tão bem às suas narrativas, porque suas vidas se pautam pelo compasso lento da espera, a reverberar no fluxo igualmente lento da reflexão meditativa, ou seja, o "não acontecido" pode ser visto como produtor de um estado de intensidade interior passível de se prolongar indefinidamente, já que não é atropelado pela marcha nervosa e rápida dos incidentes. A tela vazia de Teobaldo representa, nesse sentido, uma imagem privilegiada dessa equação: exatamente no espaço em branco onde nada foi registrado é que vamos encontrar a expressão mais densa dos fantasmas do indivíduo.

Entre as diversas possibilidades temáticas que James explora no

---

[2] James, Henry. *Retrato de uma senhora*. Gilda Stuart (trad.). São Paulo: Companhia das Letras, 1995, pp. 5-18.

Vestígios de uma ausência 127

continente do "não acontecido" destaca-se ainda o motivo da perda. Se o fracassado é por excelência um perdedor, na ficção jamesiana ele disputa o lugar de honra com a figura do órfão. Ou, melhor dizendo, da órfã, já que falamos de Catherine (*Washington square*), da senhorita Tina (*Os papéis de Aspern*), de Carlota e Gertrudes (*Os europeus*), de Isabel Arsher (*Retrato*), e sobretudo dessa "órfã" de pai e mãe vivos que protagoniza a história de *Pelos olhos de Maisie*. A perda dos pais representa sem dúvida um obstáculo ao prosseguimento previsto dos acontecimentos, inserindo na vida das personagens o intervalo de uma ausência definitiva. Privados de parte de sua história, os órfãos também têm diante de si um espaço em branco, um vazio, tão impossível de preencher quanto a tela de Teobaldo.

Em outras palavras: impedido de reviver os laços primordiais que remetem à sua origem, o órfão passa a ser um exilado de si mesmo. Dessa forma, a distância absoluta dos pais contempla toda a fantasmática do exílio que se inscreve na própria lógica da ficção jamesiana. O sujeito sem pais equivale ao sujeito sem pátria: ambos compõem a mesma imponderável identidade da perda, impossível de ser circunscrita, pois não há efetivamente nada que permita atualizá--la. Com isso, ao escritor resta uma personagem "solta" que, tendo uma "história" menos amarrada aos compromissos exteriores, está livre para ser lançada aos labirintos de sua própria história interior.

Ora, não é essa a figura que sempre esteve no alvo do autor de *A Madona do futuro*? Não é ela que James reconhece na obra de Turgueniev, no mesmo prefácio em que faz suas as palavras do amigo, ao se referir "à intensidade de sugestão que pode resistir na figura solta, na personagem independente, na imagem *en disponibilité*"? Nesse sentido, os exilados jamesianos — e suas imagens derivadas, o fracasso e o órfão — podem ser vistos não só como escolha temática privilegiada pelo escritor, mas como figuras essenciais de sua criação literária.

Certamente, é a partir das histórias vazias dessas personagens que se constrói aquele narrador hesitante, indeciso e ambíguo de quem os críticos tantos se ocuparam. Se o narrador típico de James oscila entre o dito e o não dito, é porque ele sempre tem, diante de si, uma história igualmente oscilante para contar. Nada pode ser afirmado de forma categórica, quando se narra o que deixou de acontecer: resta ao escritor vasculhar os vazios, deixar-se levar por conjecturas, ensaiar hipóteses, enfim, restituir ao *cogito* sua dúvida primordial. Poucos autores souberam explorar tão bem esse recurso literário, como o fez Henry James, que muitas vezes o levou à perfeição.

Se *A Madona do futuro* não é uma de suas obras-primas, sem dúvida representa um dos textos em que tais questões ganham expressão inequívoca, de forma quase didática. Por certo, ao longo da leitura, o leitor saberá distinguir os matizes delicados que colorem a tela branca de Teobaldo; e, ao vislumbrar seu fundo escuro, terá enfim percorrido a novela até a última página. Afinal, nas mãos de um mestre como Henry James, as histórias não precisam mesmo de um grande final para prender a atenção do leitor.

A química do amor romântico

Do ponto de vista estritamente teórico, o fenômeno da *attractio* amorosa, segundo Goethe, é bastante simples:

> Imaginem um *A* intimamente ligado a um *B* e incapaz de se separar dele, nem pela força; suponham um *C* que esteja na mesma situação com um *D*; coloquem então os dois pares em contato; *A* atirar-se-á para *D*, e *C* para *B*, sem que se possa afirmar quem abandonou quem e se uniu ao outro primeiro.

Essa fórmula, apresentada originalmente na obra *De attractionibus electivis*, publicada em 1775 pelo químico sueco Torbern Olof Bergman, foi o ponto de partida para que o notável escritor alemão formulasse sua teoria do amor, tal qual aparece no romance *As afinidades eletivas*.[1]

Fórmula sem dúvida simples, sobretudo se comparada às receitas sofisticadas e picantes que os contemporâneos franceses de Goethe — especialmente os escritores licenciosos que circulavam na corte setecentista — inventavam para melhor desfrutar os prazeres da conquista amorosa. É de imaginar que a singela teoria das "afinidades eletivas" teria parecido demasiado pueril aos olhos experientes e lascivos de um Crébillon, de um Laclos ou de um Vivant Denon. Ao que tudo indica tal diferença não escapava ao próprio autor, que, ao enviar um exemplar de seu romance a um admirador parisiense, confidenciou em carta: "Não posso esperar nem mesmo desejar que essa pequena obra agrade a um francês".

Contudo, se as expectativas de Goethe não estavam completamente equivocadas, também não eram de todo acertadas. Há que se ter em mente o fato de *As afinidades eletivas* ser obra de maturidade do autor,

---

[1] GOETHE, Johann Wolfgang. *As afinidades eletivas*. Erlon José Pachoal (trad.). São Paulo: Nova Alexandria, 1992.

então sexagenário: o romance foi escrito em 1808 e publicado no ano seguinte, época em que as utopias libertinas de uma vida voltada aos prazeres sensuais — tão caras aos cortesãos do *ancien régime* — já haviam caído por terra, abandonando os cidadãos franceses às volúpias espirituais do amor romântico. O culto a Rousseau nas décadas posteriores à Revolução Francesa denunciava claramente essas transformações na sensibilidade coletiva, ecoando, ainda que timidamente, no gosto literário.

Em 1810, Stendhal anotava em seu diário: "Seria necessário, com uma cabeça francesa, uma alma igual a de Mozart (de sensibilidade tão terna quanto profunda) para se apreciar esse romance". Ao dedicar essas palavras às *Afinidades eletivas*, o escritor francês ao mesmo tempo confirmava e desmentia o poeta alemão, travando com ele um pacto de profunda identidade. Com efeito, é possível traçar um interessante paralelo entre as teorias do amor romântico de Goethe — apresentadas não só no romance em questão, mas sobretudo em *Werther* —, e as concepções do amor-paixão que Stendhal analisa em quase toda sua obra ficcional e, em especial, no ensaio *Do amor*.

Se Goethe pediu emprestado uma fórmula da química analítica para esboçar sua teoria da *attractio*, Stendhal comparou seu "exame filosófico" do amor à explicação de uma complexa figura geométrica, ambos aspirando realizar uma ciência do sentimento humano por meio da arte. Marcas de uma época em que a crença na racionalidade iluminista ainda induzia os escritores a buscar um conhecimento científico dos afetos, estabelecendo relações de parentesco produtivas entre moral e natureza.

Mas, como observa Katrin H. Rosenfield, a maestria de Goethe na articulação da língua permite-lhe "relacionar intimamente a exploração racional (a procura das razões e causas) com os riscos de uma descida aos 'infernos' e com os perigos do 'abismar-se' no sem--fundo do pensar e da razão".[2] De fato, com o desenvolvimento da narrativa, a trama vai se tornando mais e mais complexa, produzindo movimentos contraditórios e inesperados por parte dos personagens. Vejamos por quê.

---

[2] ROSENFIELD, Katrin. "Notas a Johann Wolfgang Goethe", in *As afinidades eletivas*, op. cit., p. 271.

A se crer na história contada por Goethe, a força da atração também pode, paradoxalmente, engendrar o seu contrário. No caso dos protagonistas das *Afinidades eletivas* o resultado dessa dupla determinação é, ao mesmo tempo, patético e trágico: se, de um lado, o impulso da paixão é forte o suficiente para abalar o *status quo* de uma pequena aristocracia bem assentada em seus domínios, de outro, as intermináveis hesitações e os reiterados adiamentos nas decisões dos personagens concorrem para uma espécie de paralisia que só encontra sua realização plena na morte. Em outras palavras: a potência amorosa joga tanto no sentido de atrair os pares quanto no de separá-los, gerando a figura do amor impossível, *moto perpetuo* da paixão romântica.

"Toda palavra dita suscita o seu sentido oposto" — escreve a apaixonada Ottilie em seu diário, estabelecendo uma profícua relação de simetria entre o sentimento e o signo que o expressa ao enfatizar essa dialética dos contrários. Segundo Katrin Rosenfield, esse funcionamento

> é particularmente importante para a criação da tensão artística do relato, que aponta para uma reviravolta. Este verter do sentido na obra, que Aristóteles desenvolve como o traço fundamental, distinguindo os antigos mitos do "mito trágico", aproxima o romance de Goethe da tragédia clássica.[3]

Manejando habilmente essas forças opostas, o autor de *As afinidades eletivas* criou o primeiro romance psicológico da língua alemã. Os fios invisíveis que movem seus personagens, revelando o tecido fantasmático que une o amor à morte, remetem diretamente aos domínios do inconsciente, onde reinam a indeterminação e a ambiguidade. Se a fórmula da *attractio* amorosa chega a surpreender pela simplicidade com que é introduzida no início do romance, talvez seja justamente para enfatizar a inevitável complexidade que marca seus desdobramentos futuros. Poucos laboratórios foram tão adequados para analisar essa química, complicada e difícil, como aqueles construídos em plena era romântica, na época de Stendhal e de Goethe.

[3] Idem, ibidem, p. 278.

Devaneios de um amante solitário

Durante muito tempo o imaginário europeu se fixou na Itália: as "viagens para o sul", cultuadas desde o século XV, criaram uma fantasia em torno da península, concebida ora como lugar de excessos passionais, ora como espaço paradisíaco da *dolce vita*. Esse entusiasmo foi particularmente intenso na passagem do século XVIII para o XIX, manifestando-se de forma vigorosa na literatura: a Itália abrigou os personagens soturnos do romance gótico inglês, tornou-se palco das sangrentas orgias dos libertinos de Sade e, aos olhos de Goethe, encarnou a primazia do espírito da comédia sobre o da tragédia.

Se essa "cosmovisão italiana" foi episódica para alguns escritores, para outros chegou a ser condição da própria expressão literária. Foi este o caso do francês Henri Beyle — publicado sob o pseudônimo de Stendhal —, que escolheu o país não só como pátria de seus personagens preferidos, mas também como refúgio próprio, ali residindo por muitos anos. A Itália representou para ele uma fonte inesgotável de sensações, uma reserva de felicidade.

A natureza lhe parecia mais emocionante, a música mais vibrante, os sentimentos mais viscerais, permitindo a Stendhal a fruição de um tipo de energia e de espontaneidade que a França não tinha mais condição de lhe oferecer. Libertos da afetação e do convencionalismo excessivo dos franceses, os italianos podiam experimentar emoções mais puras e profundas, inspirando o temperamento dos grandes personagens stendhalianos, que, não se dobrando à lei nem à moral, deixam fluir o curso livre de suas paixões.

Foi nessa Itália real e imaginária que o escritor conheceu o grande amor de sua vida, a milanesa Matilde Dembovski. A ela dedicou uma paixão intensa e silenciosa durante longos anos, e que deixaria marcas definitivas em sua vida e obra. Reconhecem-se traços autobiográficos dessa época no clima amoroso de seus três grandes romances, assim como a presença da amada no perfil de suas heroínas: a senhora de Chasteller de *Lucien Leuwen*, a senhora de Rênal de *O vermelho e o negro* e a Clelia Conti da *Cartuxa de Parma*. Mas, para expressar por completo aqueles anos de amor e de melancolia passados em Milão, Stendhal escreveu um grande tratado sentimental dedicado à Matilde, talvez com a esperança secreta de dizer de forma indireta tudo o que, diretamente, ela jamais permitiu que ele lhe dissesse.

Do amor reúne uma série de fragmentos escritos entre 1818 e 1820, com o intuito de analisar *in vivo* as figuras essenciais do sentimento amoroso: cada observação psicológica sobre a evolução da paixão representa um eco das relações entre Stendhal e Matilde.[1] Trata-se portanto de um tratado que, realizado por um amante rejeitado, tem por base a figura do amor infeliz.

Não foi por acaso que Denis de Rougemont chamou a atenção para esse "apetite de fracasso" que estrutura a afetividade stendhaliana, condenando a paixão a ser sempre "uma bela e inevitável catástrofe". A definição de Stendhal só fez confirmá-lo: "Chamo de paixão apenas aquela experimentada por longas desventuras, dessas desventuras que os romances evitam retratar e que, aliás, não podem retratar".

Seria, contudo, um equívoco creditarmos todas as conclusões do escritor neste livro à sua desventurada relação com Matilde. Antes de tudo, há que se ter em mente a própria ambiguidade do texto: Stendhal promete um plano sistemático, um inventário de todas as nuances do sentimento amoroso segundo as incidências do temperamento, do clima, da política etc., e subitamente abre mão desse plano em função de um diário íntimo, baseado em intuições. A rigor, *Do amor* oscila entre uma monografia do tema e um "retrato" do amante, entre um "tratado de ideologia" e uma apologia do ser amado. Sob essa estrutura oscilante, porém, o livro vai desenhando os contornos nítidos de um personagem muito caro a Stendhal, diríamos mesmo um tipo essencial na sua constituição como escritor: o homem solitário.

"A solidão é necessária para gozar do próprio coração e para amar, mas é preciso ser famoso na sociedade para ser bem-sucedido" — afirma o autor numa passagem, insinuando certo desprezo por aqueles que insistem em seguir as normas da vida mundana. Concepção

---

[1] STENDHAL. *Do amor*. Roberto Leal Ferreira (trad.). São Paulo: Martins Fontes, 1993.

reiterada em diversos outros fragmentos, como o que se segue: "Não se suspeita das grandes almas, elas se escondem; geralmente só aparece um pouco de originalidade. Há maior número de grandes almas do que se acredita".

Passagens como essas vão, pouco a pouco, insinuando uma intensa afinidade entre a figura do amante solitário e a das pessoas sensíveis, ambas expressando uma forte rejeição do mundo de aparências, próprio dos círculos sociais, na esperança de conquistar a felicidade que só os sentimentos podem oferecer. Está esboçado aí um perfil do próprio escritor; vejamos rapidamente por quê.

Ainda que lamentasse a incompreensão dos amigos e do público por ocasião das primeiras edições do livro, Stendhal não deixa de afirmar, no segundo prefácio, que só escreve para cem leitores, "para aquelas pessoas infelizes, amáveis, encantadoras, nem um pouco hipócritas, nem um pouco morais às quais eu gostaria de agradar; conheço apenas uma ou duas delas". São as almas sensíveis com quem o autor diz se identificar, as pessoas de sentimentos delicados para quem vale a pena escrever, aquelas trinta ou quarenta pessoas de Paris que ele "nunca conhecerá, mas que ama loucamente".

Essa consciência do isolamento não se circunscreve apenas à recepção de seus livros, mas estende-se a aspectos fundamentais de sua existência. Stendhal experimentava um profundo sentimento de ser diferente dos demais que, segundo Auerbach, brotou principalmente do seu mal-estar na França pós-napoleônica, onde um sujeito como ele não encontrava qualquer possibilidade de se manifestar. Contudo, o desconforto no mundo e a incapacidade do convívio em sociedade — em que se reconhecem ecos de Rousseau e de seus seguidores do primeiro romantismo — também lhe franqueavam as portas da imaginação. E isso não era pouco para um homem como Henri Beyle.

"Acabo de passar três horas com gente inteligente. Fugi para não perder as minhas ideias" — reitera-se aí a convicção de que a vida mundana corrói a imaginação, esse exercício solitário que alimenta o espírito dos amantes infelizes e dos artistas incompreendidos. Convicção reforçada a cada página do livro, já que Stendhal faz dela uma de suas teses centrais, permitindo-se analisar cada figura que a constitui: "A vulgaridade, extinguindo a imaginação, produz imediatamente em mim o tédio mortal". O devaneio representa, portanto, uma espécie de resistência contra as vicissitudes de um mundo mesquinho e vulgar. Mas, é importante lembrar, trata-se aí de uma resistência solitária, compartilhada em silêncio por um pequeno grupo de seres isolados, sensíveis e raros que sabem amar e se abandonar, como Werther, aos "encantadores devaneios da cristalização".

Na França de Stendhal, onde o amor era "uma espécie de loucura raríssima", conforme se lê no primeiro prefácio ao livro, tais exercícios de imaginação nem sempre encontravam ecos. Apaixonado, incompreendido e solitário, só restava ao escritor pedir exílio a essa Itália que, a se crer na geografia imaginária dos românticos, tornou--se a capital subterrânea da Europa para abrigar as utopias loucas dos amantes e dos artistas.

As liras de Eros

Instável por definição, o domínio de Eros está fadado à incerteza: sobre cada noite de amor sempre pode pesar a ameaça de ser a última. Daí que a fantasia de permanência ocupe a imaginação dos amantes desde há muito tempo. Ou, pelo menos, desde a idade de ouro do lirismo grego, por volta de 600 a.C., quando Safo de Lesbos registrou em poemas suas delicadas súplicas para a paixão subsistir ao tempo: "possa para mim esta noite / durar duas noites".

Esses versos, como parte dos fragmentos de Safo que restaram até hoje, fundam a poesia amorosa do Ocidente. E, com efeito, não será essa outra noite imaginária, acrescentada à noite vivida, a primordial substância de todo poema de amor, seja na exaltação do espírito, seja na da carne? Não se trata, nessa escrita inaugural da poeta grega, de acenar para a dimensão fantasmática da lírica de Eros, que sempre se oferece como um prolongamento do encontro amoroso?

Safo era atenta à brevidade das paixões. As jovens mulheres da ilha de Lesbos que frequentavam seu círculo literário — onde eram iniciadas nas artes da dança, da poesia, da música e também do amor — ali estavam apenas de passagem. Formadas por ela, essas jovens a deixariam um dia para se casar, abandonando-a ao trabalho silencioso das palavras: "às amigas adoráveis: / meu pensamento / fiel para sempre".[1]

Não surpreende que seus poemas evoquem com frequência a solidão da amante ("a Lua se pôs / e as Plêiades; é meia- / noite; a hora passa / e eu / deitada estou / sozinha"), e lamentem a distância intransponível que a separa do objeto amado ("não posso tocar o céu / com as mãos"). Ou, ainda, que revelem a implacável lógica do encontro impossível: "igual à maçã, doce e vermelha, / no mais alto

---

[1] LESBOS, Safo de. *Poemas e fragmentos*. Joaquim Brasil Fontes (trad.). São Paulo: Iluminuras, 2003.

ramo suspensa: / esquecida, lá no alto, pelos colhedores? / não: que eles não conseguiram alcançar".

Essa voz solitária e íntima instaura um apelo que, desde então, não cessa de ecoar na poesia amorosa ocidental. É o apelo de um Eros meditativo, "tecelão de mitos", para nos valermos dos termos com que Joaquim Brasil Fontes o define, entregue de corpo e alma à criação de uma outra noite para contemplar a volúpia dos amantes.

* * *

Menos solitárias, mas igualmente empenhadas em prolongar a intensidade do desejo, as diversas vozes que se fazem ouvir na antologia *Poesia erótica em tradução* esboçam a utopia de um Eros que resiste, a todo custo, ao tom melancólico dos versos de Safo. Resistência que por certo não deixa de evocar essa melancolia, embora trabalhe para expurgá-la, para neutralizá-la, na obstinada tentativa de criar um mundo que seria o seu avesso. Para tanto, substitui a incerteza que fundamenta a poética sáfica pela fantasia de um desejo insaciável que, no mais das vezes, instaura um erotismo sem reservas, pleno e solar.

Daí o encanto dessa seleção que, organizada e traduzida por José Paulo Paes, traz poemas da antiguidade helênica e latina, adivinhas e versos satíricos da Idade Média, trovas provençais do Renascimento, exemplares do barroco espanhol, passando ainda pela poesia libertina dos séculos XVII e XVIII, pelo folclore da Calábria oitocentista, até a produção vanguardista das primeiras décadas do século XX. De Ovídio a Baudelaire, de La Fontaine a Neruda, de Goethe a Apollinaire — entre poetas menos conhecidos e outros anônimos —, o livro percorre diversas líricas que se ocuparam do erotismo na cultura ocidental. A amostra de poemas confirma, assim, que a história e a cultura não passam ao largo da vida erótica, mas também constituem essa experiência, imprimindo nela as suas marcas.

Contudo, também se pode propor uma leitura "anacrônica" dessa poesia uma vez que, como observa José Paulo Paes, o erotismo diz respeito a "pulsões de base", sendo marca fundante de nossa humanidade. Se o universo das representações é sempre implicado nas circunstâncias históricas e culturais, há que se lembrar, ainda seguindo o autor, que "representar é reapresentar, tornar novamente presentes — presentificar — vivências que, por sua importância, mereçam ser permanentemente lembradas".[2] A representação supõe, portanto, o ato de repor a experiência em pauta, ou de reatualizar a memória. E, quando se trata da erótica, isso significa, por certo, uma revisitação da origem.

Expressão, por excelência, de uma energia que circula desde o começo dos tempos, pulsando na história, o erotismo literário manifesta uma permanente tensão entre o verbo e a carne, oscilando invariavelmente entre o conflito e a reconciliação. É no vaivém entre os dois polos que se engendram as formas da retórica sexual, definindo as diversas possibilidades de representação do Eros. Por isso mesmo, um livro como esse nos conduz à irresistível tentação de divagar sobre as regularidades dessas formas. Arrisquemos, pois, um possível percurso.

Há, nos poemas da *Antologia*, algumas metáforas recorrentes. De início, pode-se evocar a imagem da *festa* e de seus correlatos, o *festim* e o *banquete*, que aludem à comemoração do encontro erótico. O que se celebra é a liberação dos sentidos, a oportunidade de realização do gozo, a experiência da sensualidade. Em "Homenagem devida", por exemplo, Verlaine apresenta o corpo da mulher como delícia, a fartar os sentidos: "Branco, puro perfil de azuladas nervuras / Sulco de intenso perfume, a rosa sombria / Lenta, gorda, e o poço do amor, as iguarias!". Semelhante espírito encontramos no poema "A vinha", de Herick: "Sonhei que esta mortal parte minha / Se metamorfoseara numa vinha / A qual, dando volta sobre volta, / Cativara minha Lúcia graciosa" — seguindo-se a descrição do percurso sensual das ramas da vinha pelo corpo da mulher, num crescendo, até a evocação da embriaguez, topos privilegiado do excesso, ao aludir à amante como "o jovem Baco". Em "Do amor", de Butler, que compõe o conjunto de poemas libertinos ingleses nessa antologia, o tema é retomado sob outro ângulo: "Quando o deleite sem limite / Venha a lhe embotar o apetite, / repouse o amante da contenda / Até que o fogo se reacenda".

A *festa*, como se vê, é marcada por um imaginário do excesso: a ela tudo se acrescenta, até o repouso restaurador dos amantes. Em contraposição ao cotidiano regrado, limitado por convenções de toda

---

[2] PAES, José Paulo. "Erotismo e poesia: dos gregos ao Surrealismo", in *Poesia erótica em tradução*. José Paulo Paes (org. e trad.). São Paulo: Companhia das Letras, 1990, p. 14.

ordem, o momento festivo surge como abertura ao extraordinário, e, como tal, demanda desregramento. Daí a insaciabilidade: um prazer chama o outro e a alegria do gozo sempre pede renovação. O apetite erótico é, então, circular.

Distintos significados poderíamos supor de outra metáfora recorrente nesses poemas, a *guerra*. Mais grave, normalmente associada ao perigo e à destruição, a imagem da guerra pode sugerir um termo sem possibilidade de renovação, na medida em que costuma acenar para a ruína e a perdição. Escusado lembrar que o pacto entre o erotismo e a morte é uma constante na literatura e no ensaísmo do gênero: de Sade a Bataille, de Baudelaire a Klossowski, não são poucos os escritores a condenar os amantes à noite da finitude.

Aqui, contudo, uma surpresa: com raras exceções, os poemas selecionados na *Antologia* parecem dar as costas a esse sentido trágico do erotismo, preferindo tratar a guerra como um prolongamento da festa, partida lúdica à qual se entregam os amantes. O medo e o perigo são sumariamente descartados em favor da diversão sensual. Exemplo disso encontra-se em "A ninfa e os pastores", poema da Restauração Inglesa, que relata uma "guerra de amor" no clímax do combate: "Uma guerra civil logo há de / Romper, intestina e feroz / Ao se toparem os heróis / Dentro das tripas da beldade. / Numa fúria de sangue e fogo / Enristam, empurram, espremem-se, / Almas que se atiram uma à outra / Envoltas em gumos de sêmen". A batalha não se revolve entre vencedor e vencido; até as estratégias são, nesse sentido, ambíguas. Lê-se num fragmento de Ovídio: "Tirei-lhe a túnica, de tão tênue mal contava: / Ela lutou todavia por cobrir-se / Com a túnica, mas sem empenho de vencer: / Venceu-a, sem mágoa, a sua traição".

A guerra aqui celebra a vida, e não a morte. Também ela se rende ao movimento do gozo, que pulsa tal qual o sangue nas veias. Desse imaginário feliz um bom exemplo está nos versos de Jodelle: "Doce lanceta cuja cor vermelha / Dardeja às vezes cheia de vigor; / Teu toque põe nas velas um calor / Que acorda a vida e ao fogo se assemelha", poema que conclui exaltando a circularidade do desejo: "Eu te darei idêntico prazer / Enquanto espero a luta redobrada / Que irá desejo mais forte empreender". No combate erótico vencem as duas partes e só perde quem se recusa a participar do torneio. Perde a guerra, perde a festa.

Daí a semelhança entre o combate e o *jogo*, este último uma das metáforas mais presentes em todo o livro, esboçando um espaço intermediário entre a *festa* e a *guerra*. Note-se que ganhar ou perder não se circunscrevem, de forma alguma, a campos de força ou poder: o jogo erótico é brincadeira, ocasião para eclosão da alegria. É com esse espírito que ele se manifesta na notável poesia de Gôngora, do século de ouro espanhol: "Libertou-se Inês / da roupa e do afogo, / começou o jogo / de um e dois e três. / Dois pontos então / fiz, de enamorado. / Se me vissem, João, / jogar com o cajado!". Comemora-se a brincadeira, exalta-se o brinquedo, como acontece em "Sazão", de Radiguet: "Do bilboquê sou o bastão / Sobre o qual despenca o teu corpo / Não é de estranhar que tal jogo / Possa causar-te sensação".

Jogo que por certo se estende ao leitor, convidando-o a essas brincadeiras de leitura, também circulares e divertidas. Vale, pois, atentar ao Eros solar desses poemas, que esboçam a utopia de um desejo feliz, cedendo à alegria do gozo para reconciliar verbo e carne.

Outros trágicos

Um escritor na arena

Dos noventa anos que viveu, Michel Leiris passou mais da metade escrevendo uma autobiografia. Iniciado em 1930 — quando ele começou a redigir *L'âge d'homme*, incitado por um tratamento psicanalítico —, seu projeto autobiográfico prevaleceu até mesmo sobre a vocação de etnólogo: resultado de uma longa expedição pela África, o livro *A África fantasma* é sobretudo um diário pessoal do viajante que, ao conhecer o outro, empreende a descoberta de si. Foi, porém, com a publicação dos quatro volumes de *A regra do jogo* que o escritor renovou definitivamente as convenções da autobiografia, dando ao gênero uma contribuição equivalente à que *Em busca do tempo perdido* representa para o romance.

Projeto arriscado, sem dúvida, na medida em que colocava o autor no centro do texto, desfazendo as fronteiras entre vida e obra. Para realizá-lo, Leiris transformou-se em personagem de sua literatura, mas sem ceder à composição de uma narrativa linear cujo herói seria construído à sua imagem. Antes, ele preferiu dialogar com uma série de mitos, antigos ou modernos, que atuavam como pontos de identificação, oferecendo-lhe espelhos nos quais podia se contemplar. Entre as referências dessa mitologia pessoal, a tauromaquia ocupa um lugar especial.

Já na versão original de *L'âge d'homme*, o autor atentava para o impacto que os espetáculos das touradas lhe produziam:

> Quando assisto a uma *corrida*, tenho a tendência de me identificar ora com o touro, no instante em que a espada é enterrada no seu corpo, ora com o toureiro, que corre o risco de ser morto (talvez emasculado?) por um golpe de chifre, no momento em que ele afirma mais categoricamente a sua virilidade.[1]

---

[1] Leiris, Michel. *L'âge d'homme*. Paris: Gallimard, 1993, p. 12.

146 Eliane Robert Moraes

Foi justamente esse golpe de chifre, e os perigos a ele subjacentes, que Leiris analisou a fundo num ensaio notável onde investiga a tauromaquia como "um esquema análogo ao da tragédia antiga.

Escrito em 1938, *O espelho da tauromaquia* é um livro no qual o escritor assume o *parti pris* do toureiro desde a composição do texto, avançando engenhosamente sobre o tema, numa reflexão que se torna, a cada passe, mais e mais arrojada.[2]

A ideia de sagrado percorre todo o ensaio. Leiris parte de um diagnóstico sombrio de sua época, ao aludir à incapacidade moderna de dar respostas às exigências de certos espetáculos violentos que, na qualidade de "lugares onde o homem tangencia o mundo e a si mesmo", colocam em jogo a totalidade da existência humana. Na ordem geral das coisas, tais espetáculos teriam a função de "nos pôr em contato com o que há em cada qual de mais profundamente íntimo, de mais quotidianamente turvo e mesmo de mais impenetravelmente oculto".

Percebem-se aí ecos de Nietszche, de quem Leiris foi leitor assíduo, já que o livro evoca o espírito da tragédia, em declínio num mundo marcado pela racionalização da crueldade. Tal evocação está na base das concepções de alguns dos mais lúcidos pensadores de sua geração, todos eles empenhados em interrogar a violência humana fora dos discursos humanistas que, desgastados na afirmação de um bem universal e abstrato, se revelavam mera retórica diante das evidências históricas de que o mal dizia respeito a toda humanidade. Entre eles estava Artaud, que Leiris conheceu na década de 1920 quando ambos se aproximaram do surrealismo, e o amigo Georges Bataille, com quem fundou o Colégio de Sociologia, dedicado aos estudos de "antropologia mística".

Contudo, embora compartilhasse dessa nostalgia do sagrado — que buscava conferir um sentido religioso à violência, vinculando o mal ao rito —, a visada de Leiris não era a mesma de seus contemporâneos. Menos apocalíptico que Artaud e menos enfático que Bataille, o discreto autor de *O espelho da tauromaquia* não se propôs a fundar um espaço próprio, como foi o Teatro da Crueldade para o primeiro e a sociedade secreta Acéphale para o segundo. Antes,

---

[2] Leiris, Michel. *O espelho da tauromaquia.* Samuel Titan (trad.). São Paulo: Cosac Naify, 2001.

ele preferiu valorizar as manifestações trágicas ainda vivas no mundo em que habitava.

Se, no plano individual, Leiris reconhecia as faíscas do sagrado em certos rituais da infância — como expôs num texto capital, "Le sacré dans la vie quotidienne", em que recorda suas brincadeiras de criança —, no plano coletivo só a tauromaquia era capaz de lhe provocar tal revelação. Com efeito, a instituição da *corrida* representa para ele o único rito moderno a assumir o aspecto de um desses "fatos reveladores que esclarecem partes obscuras de nós mesmos", na condição de "espelhos" que guardam a imagem de nossa emoção.

Na medida em que contém um princípio trágico, diz o autor, a tauromaquia não é apenas um esporte, mas uma arte. Como tal, ela se estrutura sobre uma disciplina rígida em que as noções de ritmo, harmonia e equilíbrio são fundamentais. Porém, diversamente de outras manifestações estéticas, a *corrida* comporta um risco que macula a própria ideia de beleza da arte, introduzindo um elemento acidental que "arranca o belo de sua estagnação glacial". Por manter em contínua tensão esses dois polos — regra e exceção —, a tourada abriga um jogo violento de contrastes, cujos equivalentes só se encontram nos atos humanos que desencadeiam experiências passionais.

Não é por outra razão que Leiris aproxima a tauromaquia do transe religioso e da vertigem erótica: o contato do *matador* com o perigo exterior condensado nos chifres do touro sugere, por um curto espaço de tempo, o mesmo desejo de fusão entre sujeito e objeto que caracteriza os estados de êxtase. O passe do toureiro é um movimento rumo à plenitude que, chegando a um paroxismo, tangencia o contato fatal, do qual o homem só consegue escapar por um triz. Face à essa implacável ameaça de morte, a tauromaquia intervém com o elemento sagrado do sacrifício, oferecendo ao público extasiado um espelho no qual a imagem da finitude humana pode enfim ser contemplada.

Mais que um *aficionado*, Michel Leiris não só se projetou nesse espelho como fez dele o arquétipo sagrado de sua própria atividade literária. Em 1946, ele incluiu um prefácio em *L'âge d'homme* intitulado "De la littérature considerée comme une tauromachie", no qual comparava seu texto a uma arena, onde o exercício da arte implicava um risco de vida. Estando então comprometido por inteiro com o projeto de escrever sobre si mesmo, o autor de *O espelho da tauromaquia* aceitou o desafio de se colocar no centro da arena, expondo-se ao perigo de morte que repousa no horizonte de toda obra autobiográfica.

A mecânica lírica das marionetes

A palavra marionete — derivada de Marion, diminutivo de Maria — designava originalmente pequenas figuras da Virgem apresentadas em espetáculos inspirados nas Escrituras. Ainda que, a partir do século VII, a Igreja tenha proibido o emprego de figuras antropomórficas nas encenações bíblicas, a estrutura do teatro de marionetes europeu manteve, durante muito tempo, a combinação de um elemento iniciático e religioso com um outro, popular e profano. Se este último elemento foi o único a permanecer até nossos dias, devemos a um autor moderno uma obra notável que faz a marionete retornar às suas origens sagradas — ou seja, às suas relações com a história da criação do homem.

Esse autor foi Heinrich von Kleist, que, no início do século XIX, escreveu *Sobre o teatro de marionetes*, um pequeno texto estruturado na forma de conto e que apresenta uma conversa travada entre o narrador e um bailarino, cujo tema central é a perfeição dos movimentos das marionetes em contraposição às inevitáveis falhas dos gestos humanos.[1] Ao longo desse diálogo, relatado de forma indireta, o narrador vai descobrindo o fundo paradoxal que sustenta os argumentos do bailarino; paradoxo que, em última instância, diz respeito não só aos mistérios da criação divina, mas também aos de seu principal correlato humano, a criação artística.

Ao observar o espetáculo de quatro bonecos que dançavam em plena harmonia, o bailarino atenta para o fato de que o mecanismo daquela pantomima se concentrava num só fio, capaz de produzir os mais belos movimentos justamente por comandar o centro de gravidade de cada figura. Tratava-se, portanto, de uma tarefa bastante simples do ponto de vista mecânico, mas dotada

---

[1] KLEIST, Heinrich von. *Sobre o teatro de marionetes*. Pedro Süssekind (trad.). Rio de Janeiro: 7Letras, 1997.

de uma sensibilidade superior: para alcançar tal perfeição rítmica, era necessário que o operador se transferisse para o interior da marionete. E essa operação representava "algo muito misterioso", pois a linha descrita pelo fio de comando nada mais era que "o caminho da alma do bailarino".

Porém a misteriosa sintonia entre operador e boneco, em vez de sujeitar este último, o abandonava por completo ao reino das forças mecânicas. Disso decorria todo o encanto da mímica da marionete, que, sustentada apenas por seu centro, atingia um grau de leveza e mobilidade inacessível aos homens. Se o corpo humano jamais alcançava essa graça, era porque a alma dos bailarinos se deslocava com frequência do centro de gravidade de seus movimentos, o que resultava na "afetação dos gestos". Com efeito, observa o bailarino, essa era a grande vantagem da dança dos bonecos sobre a dos homens, levando o narrador a concluir que "o espírito não pode errar onde não existe nenhum espírito".

Já nessa tópica podemos perceber a singularidade do argumento de Kleist: sustentado pelo que poderíamos chamar de "mistério original", ele parece inaugurar um novo ponto de vista sobre os simulacros mecânicos, anulando a diferença capital que, para o pensamento clássico, separaria o homem da máquina. Segundo a teoria dos animais-máquinas de Descartes, uma réplica poderia ser capaz de tudo, menos de falar e expressar sentimentos, ou seja, de manifestar as qualidades exclusivas do espírito humano.[2] Um tal pressuposto não permite ao cartesianismo compartilhar a hipótese de que um boneco possa se expressar independente da consciência de seu construtor — ou que ele possa, com isso, interrogar os atributos próprios da humanidade.

Ora, os personagens de Kleist caminham exatamente na contramão do fundador do racionalismo moderno: em vez de assegurarem a primazia do sujeito pensante sobre qualquer objeto, eles transformam a marionete no objeto a partir do qual o próprio pensamento humano é colocado à prova. Os bonecos são considerados mais perfeitos que os bailarinos vivos justamente por estarem privados de toda consciência e por obedecerem apenas às leis da matéria.

---

[2] DESCARTES, René. "Discurso do método", in *Os pensadores*. J. Guinsburg e Bento Prado Júnior (trads.). São Paulo: Abril Cultural, 1979, pp. 54-62.

A mecânica lírica das marionetes 151

Essa superioridade, porém, não guarda qualquer afinidade com os discursos apologéticos sobre a máquina e a técnica, já bastante comuns na época em que Kleist escreve. Pelo contrário, ela vai encontrar seus fundamentos nos mistérios da criação do homem, uma vez que, segundo o bailarino, as falhas humanas "são inevitáveis desde que comemos da árvore do conhecimento". A afetação própria dos homens seria o resultado inelutável de sua capacidade de pensar — e, precisamente por isso, os gestos automáticos e irrefletidos das marionetes dariam uma imagem daquilo que seria a graça natural dos nossos movimentos, não tivessem eles um dia se tornado conscientes.

Trata-se portanto, como observa Pedro Süssekind no posfácio ao livro, de uma concepção que opõe um estado de inocência original — no qual os seres existiriam centrados em si — a um estado de conhecimento, no qual o homem teria se deslocado de seu centro próprio para contemplar o autorreflexo no "espelho da consciência". Por certo, podemos perceber aí ecos de um Rousseau, de um Schiller, e de outros autores filiados à sensibilidade romântica; mas o texto de Kleist se impõe pelo incomparável lirismo de sua concepção.

Já que "o paraíso está trancado e o Querubim está atrás de nós", propõe o bailarino, "precisamos dar a volta ao mundo, e ver se não há talvez, do outro lado, uma abertura em algum lugar." A tarefa humana seria tentar descobrir um outro caminho para o paraíso ou, como adverte o personagem, buscar o ponto em que "os dois extremos do mundo em forma de anel se juntam". Sendo impossível voltar atrás para recuperar a inocência perdida, resta ao homem seguir em frente, no esforço de completar o círculo de sua viagem.

Essa busca constitui, por excelência, o caminho humano. Distinto da redenção cristã, que ocorre quando a alma se separa da matéria, o percurso iniciático proposto por Kleist tem como fundamento nossa irremediável oscilação "entre a matéria e a consciência infinita". Ou, se quisermos, entre os dois extremos do paradoxo de nossa existência: a mecânica do corpo e a espiritualidade da alma.

Se esse paradoxo define a condição humana, é inevitável que a inocência permaneça como nostalgia, só restando ao sujeito reencontrá-la como alteridade — isto é, quando ele se transfere para um objeto fora de si, quando ele realiza um ato de criação. Tal é a conclusão a que se aproximam os personagens de Kleist ao observa-rem a mecânica lírica do teatro de marionetes. Na sua ousada tentativa de desvendar os mistérios da criação, eles vislumbram o caminho que une a alma do bailarino ao corpo do boneco; e, com isso, lembram ao homem o único meio que lhe faz escapar de sua condição — por um fio.

Memórias do luto

Nada mais patético que o velho cachorro empalhado, descrito nas últimas páginas de *O Gattopardo*, sobretudo porque ele aparece como o derradeiro emblema de um aristocrata cuja linhagem evocava para si a realeza dos leopardos.[1] Morto há 45 anos, o antigo cão de fila era conservado no quarto de uma velha solteirona, como preciosa relíquia de família, em meio a "um inferno de recordações mumificadas". Porém, mesmo empalhado, com o focinho de madeira e os olhos de vidro amarelo ainda intactos, o animal não conseguia resistir ao tempo: em 1910, ele se tornara um "ninho de teias de aranha e de traças, detestado pelos empregados que há anos pediam que fosse jogado no lixo".

O cão pertencera a Don Fabrizio Corbera, príncipe de Salina, o último *pater familias* de uma estirpe que, na Sicília de 1860, estava prestes a desaparecer. Mais que um animal de estimação, o cachorro desempenha um papel fundamental no romance: Bendicó era a principal testemunha da vida do nobre siciliano, e certamente a única criatura a quem o príncipe concedia o direito de compartilhar sua inviolável solidão. Testemunha muda, amistosa e obediente, como convinha perfeitamente a um homem cuja superioridade manifestava-se de tal forma que "o orgulho e a análise matemática associavam-se nele a ponto de dar-lhe a ilusão de que os astros obedeciam a seus cálculos".

Extrovertido e alegre, o cão pode ser considerado também uma espécie de *alter ego* de seu dono, cujo temperamento melancólico e irritadiço resultava da reunião de matrizes distintas: do lado materno, a ascendência germânica legara ao príncipe um caráter intelectual e altivo; do lado paterno, o sangue siciliano lhe dera inclinações sensuais e levianas. Marcado por essa contradição de base que a sensibilidade

---

[1] LAMPEDUSA, Tomasi di. *O Gattopardo*. Marina Colasanti (trad.). Rio de Janeiro: Record, 2000.

aristocrática só fazia acentuar, Don Fabrizio "vivia eternamente descontente, embora sob a expressão jupiteriana, e contemplava o ruir da sua casta e de seu patrimônio sem nada fazer e sem nenhum desejo de remediar o desastre".

A descrição, contudo, está longe de esgotar a complexidade do protagonista de *O Gattopardo*. Nele, o furor sanguíneo convive com a cortesia tipicamente nobre; o orgulho e a rigidez moral cedem com frequência à lucidez da razão; a autoridade, própria de sua natureza leonina, não raro dá lugar à compaixão; até mesmo o temperamento irritado, que o predispõe à insatisfação e ao tédio, sucumbe muitas vezes a um forte sentimento de solidariedade. Mais que tudo, o caráter fundamentalmente intelectual do príncipe lhe confere uma estatura espiritual superior àquela que ostenta no sangue, criando um intervalo decisivo entre o homem público e o íntimo, este introspectivo e solitário. Estudioso da astronomia, ele entretém-se bem mais com a contemplação das estrelas do que com os tediosos deveres mundanos que sua posição lhe impõe.

Se é difícil resumir o caráter de Don Fabrizio, isso se deve inicialmente ao fato de que o romance o coloca no centro de todos os acontecimentos: é através dele que o leitor acompanha os bastidores da revolução liberal na Sicília e suas intrincadas negociatas de transição do poder. É igualmente em torno dele que todos os outros personagens se movem, nem sempre com a mesma proeminência do cachorro Bendicó. Protagonista — no sentido lato do termo — dessa história, o príncipe de Salina é um filtro através do qual o leitor tem acesso a acontecimentos públicos e privados que se passam durante o processo de unificação da Itália. Trata-se de uma consciência que se oferece como ponto de vista interno à aristocracia, mas num ângulo absolutamente singular.

Esse contraponto entre a biografia do personagem e o quadro histórico italiano torna-se ainda mais complexo quando sabemos que foi um neto de Don Fabrizio quem escreveu o romance. Príncipe, ele também, e compartilhando com o avô o gosto pelas altas atividades do espírito, a figura de Giuseppe Tomasi di Lampedusa solicita uma atenção que por certo transcende a mera autoria. Não cabe, no espaço desta resenha, uma especulação maior sobre as intrincadas relações que se podem estabelecer entre vida e obra, como aliás já fizeram vários estudiosos de Lampedusa, entre eles Giuseppe Paolo Samoná e Francesco Orlando. Mas talvez seja o caso de lembrar que o jogo especular entre as duas biografias nem sempre favoreceu a qualidade das interpretações do livro.

Em *L'intimità e la storia*, Francesco Orlando alude ao frequente "preconceito biográfico" que *O Gattopardo* suscita, lançando mão das respectivas histórias de vida para desmentir a suposta identidade entre personagem e autor: "Don Fabrizio, riquíssimo, politicamente influente, pai de família, mulherengo, astrônomo premiado, *não* é Lampedusa, empobrecido, marginal, solitário, frustrado no sexo, diletante desconhecido".[2]

Mas até mesmo a hipótese de uma estratégia compensatória, na qual a ficção "corrigiria" a realidade, como sugere Orlando, deve ser aventada com precaução, sobretudo porque ao preconceito biográfico soma-se outro, ainda mais grave, que é o ideológico.

Publicado pela primeira vez em 1958, *O Gattopardo* foi alvo de fortes ataques da crítica italiana de esquerda, cujos paradigmas estéticos ainda estavam bastante atrelados ao neorrealismo nacional do pós-guerra. Embora seu imediato sucesso de público já anunciasse a superação desse modelo — o que se efetivaria no decorrer dos anos 1960 —, o romance de Lampedusa ficou conhecido por muito tempo como "visão reacionária da história". Alberto Moravia chegou a apresentá-lo como "sucesso da direita", contribuindo para a consolidação de um preconceito que acabou se instalando na própria língua: com o aparecimento do livro, surgiram no léxico italiano as palavras *gattopardismo* e *gattopardesco*, sinônimos de conservadorismo.

Por certo, não se pode negar o caráter conservador do romance. Mas o adjetivo, aqui, só ganha força se deslocado da política para a história — entendendo tal história como versão muito particular de acontecimentos vividos, tecida no limiar do não vivido. Se, como gênero literário, *O Gattopardo* situa-se entre o romance histórico e o psicológico, deve-se sublinhar que sua matéria-prima provém de lembranças estritamente pessoais do autor. Daí certo tom memorialístico que percorre todo o livro, evocando vestígios de uma

---

[2] ORLANDO, Francesco. *L'intimità e la storia — Lettura del "Gattopardo"*. Turim: Einaudi, 1998, p. 28.

tradição desaparecida, mas conservada como memória de família. É nesse sentido que as biografias de Don Fabrizio e de Lampedusa se cruzam, uma ecoando na outra, mas na condição de fantasmas.

Nesse jogo de ressonâncias o que prevalece é uma intensa elaboração da memória, seja do autor ou do personagem, para dar conta do que foi perdido, e só retorna como vestígio. Em outras palavras: *O Gattopardo* pode ser lido, desde a primeira página, como registro de um trabalho de luto que se estende do individual ao coletivo. A começar pelas paisagens: da descrição inicial de um jardim aristocrático — cujo inesperado "aspecto de cemitério" é confirmado pela presença de cadáveres, que maculam o perfume das flores com seu fedor — à apresentação do palácio de Donnafugata, com sua "porta sólida mas arrombada, acima da qual se via um Gattopardo de pedra que dançava, embora uma pedrada lhe houvesse amputado justamente as patas".

Tudo, no livro, evoca a perda. Don Fabrizio, que conservava "no fundo da alma um resíduo de luto", compõe às vezes uma figura tão solene e sombria "que era como se acompanhasse um invisível coche fúnebre". O promissor casamento de Tancredi e Angélica revela-se um fracasso: o futuro grandioso acalentado pelos noivos converte-se em "fumaça e vento", sucumbindo ao "inevitável fundo de sofrimento". Até mesmo os "deuses sorridentes e inexoráveis" que pairavam no teto de um salão palaciano perdem a suposta imortalidade: "Acreditavam-se eternos: uma bomba fabricada em Pittsburgh, Penn., iria, em 1943, provar-lhes o contrário".

Que essa bomba tenha sido a principal responsável pelos infortúnios do próprio Lampedusa — seu maior trauma, relatado em "Recordações de infância", foi o bombardeamento da casa familiar de Palermo, nesse mesmo ano —, isso só prova que não há escapatória para o irremediável trabalho da morte que preside toda existência, ainda mais numa época voltada para a destruição. Nada cessa o movimento dos "grãozinhos que se comprimem e deslizam um a um, sem pressa e sem descanso, diante do estreito orifício da ampulheta". Ou, dizendo de outro modo, nada permanece como está.

No final das contas, o romance desmente a famosa frase do personagem Tancredi — "se quisermos que tudo permaneça como está, tudo deve mudar" —, que rendeu ao autor a reputação de conservador. E o faz de tal forma que nem mesmo o cachorro empalhado, ao qual a eternidade parecia assegurada, escapa ao fluxo contínuo das mudanças impostas pelo tempo: lançado pela janela, sua carcaça velha empoeirada se decompõe por completo no ar. Reduzido a um "montinho de pó", o cão torna-se por fim apenas um vestígio, um nada, um quase nada — vale dizer, matéria de ficção.

As armadilhas da literatura

Ao longo de sua história, os muros monacais abrigaram as mais distintas vocações. O modo de vida conventual não serviu apenas aos espíritos de elevado ideal religioso, mas favoreceu outras inclinações que, movidas por ambições profanas, foram igualmente seduzidas pelo rigor do silêncio e da clausura. De retiro dos místicos na Idade Média a refúgio dos libertinos na Idade Moderna, os conventos acumularam diversas funções, entre elas a de ter sido, durante séculos, um abrigo privilegiado da literatura.

Não foram poucos os que professaram a vocação literária no interior dos mosteiros. Os exemplos mais conhecidos são os de Santa Teresa D'Ávila e de San Juan de la Cruz que nos legaram notáveis meditações espirituais e poemas religiosos. Se o nome de sóror Juana Inés de la Cruz merece estar nessa lista pela excelência de sua obra, convém lembrar uma diferença significativa entre ela e essas grandes figuras místicas: foi a paixão pelas letras profanas, e não o desejo de união com Deus, que a levou ao abrigo do claustro.

Essa paixão é o centro luminoso da biografia que Octavio Paz dedicou à poeta mexicana, intitulada *Sóror Juana Inés de la Cruz — As armadilhas da fé*.[1] O texto alcança um raro equilíbrio entre as diferentes matérias que compõem um ensaio ao mesmo tempo histórico, biográfico e crítico. De um lado, fornece informações preciosas sobre a complexa sociedade da Nova Espanha, propondo-lhe interpretações instigantes; de outro, consegue apresentar a não menos complexa vida de sóror Juana, sem cair na tentação de resolver suas contradições; por fim, interpreta a enigmática obra de uma poeta barroca que escreveu de poemas eróticos a autos sacramentais, de homenagens cortesãs a epístolas teológicas.

---

[1] PAz, Octavio. *Sóror Juana Inés de la Cruz — As armadilhas da fé*. Wladir Dupont (trad.). São Paulo: Mandarim, 1998.

160 *Eliane Robert Moraes*

Nascida em 1648, Juana Inés conseguiu superar sua desalentada condição de mulher — agravada pela falta de fortuna, de nome e de pai — graças a um rico devoto que proveu o dote necessário ao seu ingresso no Convento de São Jerônimo. A decisão de vestir o hábito representou, para ela, tanto a possibilidade de seguir a vocação intelectual quanto a de evitar a submissão aos deveres matrimoniais. Para quem cultivava tão pouca aptidão para os afazeres domésticos e tão grande ânsia de conhecimento, tal decisão não poderia ser mais sensata, como observa Paz, ao contestar os críticos que insistem na hipótese da conversão religiosa.

Os 26 anos que a poeta passou no convento, até sua morte em 1695, foram quase que exclusivamente dedicados à vida intelectual, em meio a uma biblioteca de 4 mil volumes e uma valiosa coleção de instrumentos e objetos raros. Porém, se sua confortável cela lhe propiciava as condições necessárias à leitura e à escrita, o silêncio do claustro era interrompido com frequência pelas visitas dos vice-reis e de cortesãos eruditos que gostavam de conversar com a freira. As jerônimas não observavam as austeridades da vida ascética e gozavam de razoável liberdade: sóror Juana desfrutou dessas vantagens e, de sua cela-salão-biblioteca, projetou-se como figura de prestígio não só na Nova Espanha mas também nas cortes do além-mar.

É justamente nessa tópica que o livro de Paz mostra seu maior vigor, pois, ao invés de idealizar a figura da religiosa, prefere humanizá-la. Assim, na contramão dos que cultuam a "beata embalsamada", o biógrafo apresenta as contradições da escritora viva: "freira e hábil política, poeta e intelectual, enigma erótico e mulher de negócios, *criolla* e espanhola, apaixonada pelos segredos egípcios e pela poesia jocosa".

São particularmente interessantes as passagens em que ele descreve o empenho da poeta em destacar-se na "arte da lisonja engenhosa": afeita a adulações e bajulações, sóror Juana escreveu uma infinidade de peças de ocasião — entre homenagens, epístolas e loas de elogio a seus protetores — que compõem mais da metade de sua obra. Contudo, Paz não deixa de observar que essa literatura de encomenda era com frequência enigmática, cheia de citações eruditas e de alusões mitológicas.

De certa forma, as contradições de Juana Inés ecoam do próprio mundo em que ela viveu: a Nova Espanha seiscentista era uma sociedade estranha, a um só tempo devota e sensual, oscilando entre delírios fúnebres e luxuriosos. As condições sociais e físicas do vice-reinado pareciam favorecer ainda mais os contrastes típicos da sensibilidade barroca, marcando uma diferença com a Europa, que se traduzia também em termos literários. Se o barroco europeu foi pródigo em obras licenciosas — como as de Donne, Marino ou Quevedo —, os poemas eróticos de sóror Juana representam um exemplo único na época, ainda mais por terem sido escritos por uma mulher e freira.

Ao contrário da poesia de Quevedo — que propõe um inusitado diálogo entre a alma e o ânus — os escritos sexuais da poeta sugerem uma superação da dualidade matéria-espírito por meio de uma paradoxal neutralização do corpo. Trata-se da afirmação de um erotismo espiritual, no qual o objeto sempre se rende às sombras do fantasma. Os conflitos da freira entre a castidade sexual e um potente desejo, de provável inclinação homossexual, são transfigurados numa poética que não cessa de evocar a androginia da alma. Poética platônica de fundo religioso, sem dúvida, mas cujo fervor e entusiasmo deixam entrever o incessante trabalho de uma poderosa libido sem função.

Mesmo tendo sido escrita por uma freira, essa vasta obra licenciosa não nos autoriza a estabelecer relações entre a religião e o erotismo. Diferentes das meditações de Santa Teresa D'Ávila — cuja mística nupcial insinua elementos sensuais —, ou das cartas de Eloísa — que analisam o amor terrestre diante do amor divino — a poesia sexual de sóror Juana limita-se a tratar de temáticas profanas, numa notável fidelidade a uma tradição laica do erotismo literário ocidental. A aspiração intelectual da poeta não se confundia, portanto, com a ânsia mística de um conhecimento atravessado pela luz divina; pelo contrário, como sublinha Paz, ela desejava conhecer, com a luz de sua razão, os opacos mistérios da "máquina do universo".

É surpreendente também que tais heresias tenham sido divulgadas numa sociedade tão temerosa dos tribunais do Santo Ofício. Os livros de sóror Juana conheceram diversas edições, publicadas sob o patrocínio dos mesmos protetores que lhe garantiam a impunidade.

Contudo, não deixaram de escandalizar os espíritos mais ortodoxos da época, entre eles o arcebispo da Nova Espanha — que cultivava um verdadeiro horror ao sexo feminino — e o austero confessor da freira. Com efeito, foram eles os principais artífices da perseguição que atingiu a poeta em seus últimos anos de vida, levando-a a abandonar por completo a vocação literária.

Armadilhas da fé, como quer o biógrafo, mas também armadilhas da literatura que conferem a Juana Inés uma aura singular, tornando-a figura de interesse até os dias de hoje. Se alguns estudiosos do barroco acusam Paz de modernizar em demasia a obra da poeta — para ele o "Primero sueño" prefigura a "modernidade mais moderna" —, fica difícil não concordar com certas observações suas a respeito da atualidade dessa história de vida, sobretudo quando percebe nela a insidiosa cumplicidade da vítima com o carrasco.

Nesse sentido, sóror Juana é inegavelmente "moderna". Num mundo em que os interesses privados pairam acima dos valores éticos, a figura de uma intelectual que, para conseguir um lugar ao sol, realizou as mais finas acrobacias — fossem "literárias" ou "diplomáticas" — não é nada estranha. Nem tampouco a de quem, como ela, foi tão hábil no exercício do "tráfico de influências". O que pode talvez surpreender nessa biografia é o fato de que ela também expõe a falta de sentido que subjaz a tais manobras: o lamentável fim de sóror Juana mostra que, quando a civilidade se confunde com os jogos de vantagens pessoais, não há cumplicidade capaz de resistir aos conflitos de interesses.

Estranho destino o dessa freira literata, sobretudo se comparado ao de um escritor libertino como o Marquês de Sade, que pagou um alto preço por defender suas insensatas convicções, sem conceder uma só palavra aos que lhe ofereciam, entre outras vantagens, sua retirada da prisão. Se o claustro abrigou tanto a literatura de Sade quanto a de sóror Juana, cada qual teve uma cela à sua medida: a dele, quase religiosa; a dela, quase libertina.

O viajante sedentário

No século XVIII, a literatura de viagem conhece grande popularidade entre os leitores europeus. Os livros suntuosos do século anterior, inacessíveis ao grande público, vão, pouco a pouco, sendo substituídos por publicações mais modestas; as grandes coleções são então lançadas, e a mais famosa delas, compilada por Jean de Thévenot, ganha várias edições. Amplia-se significativamente o número de leitores dos chamados livros de viagem e, para atender a essa demanda, surge em cena um novo contingente de autores. As "cartas edificantes" dos missionários jesuítas no Oriente, as memórias do barão de Lahontan sobre a América, ou os relatos de Jean Chardin sobre a Pérsia, passam a conviver então com uma fabulosa quantidade de relatos, escritos por viajantes que jamais cruzaram as fronteiras de seus países.

"Viajantes de gabinete", estes últimos, que se apresentavam como exploradores de terras incógnitas, empenhados em divulgar os costumes exóticos de povos que jamais conheceram. Esses escritores disputavam o interesse do público não só entre si, mas também com os romancistas, autores de viagens imaginárias, declaradamente ficcionais, cujo destino era não raro uma inacessível ilha paradisíaca. De Bougainville ao capitão Cook, do abade Prévost a Casanova, de Voltaire a Diderot, a viagem tornou-se um tema recorrente do século, transformando-se num ponto de encontro do imaginário europeu.

Grandes apologistas das aventuras, os escritores setecentistas se inspiravam, no mais das vezes, nas arriscadas explorações que os séculos anteriores pareciam ter reservado apenas aos descobridores. Mas a apologia do deslocamento também excedia a voga de missões científicas, religiosas ou comerciais da época, para expressar o ritmo da própria vida moderna, que nascia já com uma nova agilidade, exigindo maior mobilidade de seus contemporâneos. Na cidade,

164 Eliane Robert Moraes

a dinâmica mercantil obrigava os indivíduos ao constante trânsito de um lugar a outro: não por acaso, Paris tornava-se então o mais importante ponto de passagem do continente, sendo chamada de "a nova Babilônia". Até mesmo a Corte, para ficarmos com o exemplo francês, submetia-se ao imperativo do movimento, já que a nobreza, itinerante, vivia a circular por entre suas terras e Versalhes. Mobilidade, naquele momento, passava a ser sinônimo de liberdade.

Sutil mobilidade, a do "viajante sedentário" de Xavier de Maistre, que excursiona pelo interior de seu quarto, visitando demoradamente a poltrona, a escrivaninha, os quadros, a cama, a janela, como se estivesse a explorar regiões desconhecidas e a devastar terras incógnitas.[1] Isolado em seus aposentos íntimos, esse turista singular abandona-se a uma aventura ainda mais inédita que as de seus contemporâneos: são os caminhos do pensamento que ele percorre, perambulando à vontade pelo que qualifica de "encantador país da imaginação".

"Seguir a pista das ideias como o caçador segue a caça, sem que pareça observar qualquer rota" — adverte o autor logo no início do livro, ao apresentar o seu projeto. Trata-se de fazer o pensamento divagar, de se deixar levar pelo fluxo da imaginação, tal como fizera Rousseau algumas décadas antes nos notáveis *Devaneios do caminhante solitário*. Há, contudo, uma diferença essencial entre Jean-Jacques e Xavier: o primeiro escolhe a paisagem diurna da natureza, o céu aberto, enquanto o último prefere o cenário noturno de seu quarto fechado. Daí que se possa também associar *Viagem à roda de meu quarto* ao relato de outro contemporâneo do autor, Thomas de Quincey: nas suas *Confissões de um comedor de ópio* reaparece o indivíduo solitário, encerrado na pequena cabana isolada no alto de uma montanha, desfrutando apenas (e esse "apenas" é tudo) do ópio, de uma biblioteca de 5 mil exemplares e de suas meditações vertiginosas. Assim como na clausura do escritor inglês, os livros têm um lugar de honra no quarto de Maistre: assim também, sua singular mobilidade, quase repouso, corresponde a uma liberdade sem freios.

"Proibiram-me de percorrer uma cidade, um ponto; mas deixaram--me o universo inteiro: a imensidade e a eternidade estão às minhas

---

[1] Maistre, Xavier de. *Viagem à roda do meu quarto*. Marques Rebelo (trad.). São Paulo: Estação Liberdade, 1989.

ordens" — como sugerem algumas pistas, o viajante está preso em seu quarto, não lhe é facultado dele sair. As razões da clausura forçada não são informadas ao leitor, senão indiretamente: há a sugestão, em várias passagens, de certa senhora de indiscutível formosura, e de um provável duelo motivado por sua infidelidade. Uma ameaça de vingança esboça-se como a possível razão do cativeiro, que o retira da vida em sociedade. Mas o castigo, nesse caso, assume um papel libertador: a reclusão, em vez de reprimir, oferece-lhe as condições ideais da viagem, possibilitando seu deslocamento das referências externas do mundo social para os interiores de sua imaginação. Eis o verdadeiro deslocamento que se opera no narrador.

Não por acaso, ele próprio observa que os pontos de partida de sua travessia são muitas vezes dogmáticos; entretanto, no decorrer do percurso, as ideias vão se ampliando, alargando fronteiras, dispersando--se até engendrar, no viajante, a dúvida. E, cumpre perguntar, não será esse o significado mais profundo da viagem: deslocar o sujeito do lugar seguro em direção ao desconhecido? Fazê-lo duvidar de suas próprias certezas? E, igualmente, das razões ditas universais?

É o que acontece com esse narrador que se entrega às meditações inspiradas pela música, pela beleza das paisagens, pelas estrelas do céu, o que lhe rende toda sorte de reflexões sobre grandes temas políticos e filosóficos: a natureza, o futuro, a pátria, a arte, o pensamento... Dispersão fértil e produtiva a tal ponto que o leva a eleger o livre pensar como método. Daí a ironia com que registra seu apreço à "ordem metódica e severa a que me sujeitei na redação de minha viagem", como que reivindicando para si um *status* semelhante ao do filósofo cartesiano. Mas às avessas, é claro. Se Descartes, em seu *Discurso do método*, observa que "nada há que esteja tanto em nosso poder como nossos pensamentos" para afirmar a capacidade humana de controle das ideias, o narrador da *Viagem* inverte a máxima racionalista e, deliberadamente, perde-se no *cogito*.

Não é por outra razão que ele responde, com vigor, a ferina crítica de Molière ao homem que se ocupa fazendo círculos na água de um poço: nada há de "ridículo" aí, pondera Maistre. Para ele, o repouso do filósofo representa uma "operação das mais complexas do espírito humano", a imobilidade intelectual. A letargia é vista aí como elevação do espírito, pois produz um homem meditativo que pode se devotar por completo às suas fantasias e memórias, a exemplo desse narrador que revisita o amigo morto, a infância, a lembrança do pai, enfim, "essas quimeras de que me ocupo...". Nessas idas e vindas do pensamento, porém, há sempre um lugar de pouso: o amor e as mulheres. Trata-se decididamente de um apaixonado, que escreve seu diário íntimo na solidão de um retiro.

Ora, o grande mérito do livro de Xavier de Maistre está justamente no fato de reunir dois temas, a princípio paradoxais, de grande importância nessa passagem do século XVIII para o XIX: a viagem e a intimidade. A ideia de uma viagem ao redor do quarto é, nesse sentido, um verdadeiro achado, e mais ainda por ter sido concebida no momento em que o romance se populariza como gênero literário: ora, ao produzir uma intimidade à distância, o romancista moderno consegue atingir o coração desse outro viajante sedentário que é o leitor.

Rousseau será um dos primeiros exploradores dessa intimidade, inaugurando uma nova rede comunicativa, ainda que silenciosa, no interior da sociedade: nunca é demais lembrar que a *Nouvelle Héloise* torna-se um livro obrigatório logo após sua publicação em 1756, conhecendo grande sucesso junto ao público e a crítica. O romance epistolar de Jean-Jacques terá como extensão lógica a imensa correspondência que ele recebe de seus inúmeros leitores, durante décadas. Semelhante destino terá o diário de viagem de Xavier de Maistre, e não surpreende que, passadas três décadas da publicação do primeiro livro, o autor decida publicar os registros de sua expedição noturna.

Com efeito, *Viagem à roda de meu quarto* traz dois relatos de viagem. Na verdade, são dois livros reunidos num só volume: o primeiro, que dá título à publicação, foi escrito em 1794 e narra, em 42 capítulos, uma viagem de 42 dias, que o narrador afirma ter realizado de carruagem, tendo como acompanhantes a cadela de estimação Rosina e o fiel criado Joannetti; já o segundo, redigido trinta anos depois, é apresentado como uma excursão: são apenas quatro horas de percurso que ele empreende, agora sozinho, a pé e a cavalo.

O *viajante sedentário* 167

Do devaneio (que abre o primeiro relato) ao sonho (que fecha o último), de digressão em digressão, o narrador vai se constituindo como um sujeito íntimo, não muito distante daqueles personagens de Stendhal que se refugiam com frequência em seus aposentos particulares, exaustos dos deveres públicos da representação. É a sensibilidade romântica instalando-se nas brechas da intimidade. Desnecessário lembrar que a valorização da vida íntima começa a ganhar terreno justamente na época em que Xavier de Maistre escreve seu livro, quando se separam, radicalmente, as esferas do público e do privado, para deixar cada vez mais nítidas as fronteiras entre individualidade e vontade geral.

Não por acaso, o romance deixa transparecer certa nostalgia do Antigo Regime, tal como se encontra nos romances de Stendhal: já não se pode mais duelar livremente, já não se dança em Paris como outrora... Dentro dele ainda pulsa uma alma aristocrática, que se queixa dos novos tempos, ora protestando contra a violência do Terror revolucionário, ora censurando a mesquinharia do cotidiano burguês. Na impossibilidade de aderir a uma Revolução que não lhe diz respeito (ou que, dizendo, não lhe reserva nenhuma alegria), resta o refúgio da crítica, particularmente mordaz. Mas também sutil, já que o autor menciona apenas de passagem essa "Revolução Francesa que transborda por todos os lados, subindo os Alpes e precipitando-se sobre a Itália", que o obriga ao exílio.

Não se confunda, portanto, a sutileza de Xavier com a veemência com que seu irmão mais velho, Joseph de Maistre, combate a Revolução. Enquanto o segundo vai à praça pública para divulgar suas convicções conservadoras, o primeiro permanece na clausura do próprio quarto, pressentindo que, nesse momento, só a intimidade do pensamento pode oferecer a um homem como ele os prazeres da liberdade. E reitera: "Ó doce solidão! Conheci os encantos com que inebrias os amantes. Infeliz daquele que não pode estar sozinho um dia na sua vida sem experimentar o tormento do tédio, e que prefere, se precisar, conversar com tolos a conversar consigo mesmo".

Viagem à roda de meu quarto foi uma das fontes de Machado de Assis, que, na abertura às *Memórias póstumas de Brás Cubas*, admite ter adotado a "forma livre" de Xavier de Maistre para compor sua "obra de finado". Machado deu voz a um morto e revelou suas memórias; Maistre deu palavra a um homem íntimo, desvelando seus pensamentos. Não por acaso, ambos adotaram um tom francamente confidencial para com o leitor, esse indivíduo solitário e sedentário que, como nenhum outro, é capaz de apreciar a qualidade das aventuras que transcorrem no aconchego de uma poltrona.

A lucidez insensata

A experiência da escrita deve ter sido um constante desafio do pensamento para quem afirmava que escrever era, antes de tudo, "um jogo insensato". Maurice Blanchot não se furtou a ele: praticou várias modalidades desse jogo, escrevendo romances, ensaios filosóficos, crítica e teoria literária, todos movidos por uma fecunda interrogação acerca do estatuto da palavra e da própria reflexão que a produz. Os textos reunidos sob o título *A parte do fogo* oferecem ao leitor brasileiro um testemunho da inquietação que marcou sua trajetória intelectual.[1]

Uma trajetória, aliás, cuja coerência só pode ser aferida sob o signo dessa mesma inquietação, que impôs ao autor sucessivos deslocamentos, não só no plano da escrita, mas também no do pensamento. Entre 1930 e 1940, Blanchot foi uma figura ativa do jornalismo de extrema-direita, atuando como redator de política internacional em diversos órgãos da imprensa francesa. Com a guerra, interrompeu suas intervenções políticas para iniciar a carreira literária, estreando em 1941 com *Thomas, o obscuro*, que lhe rendeu imediato reconhecimento da crítica. Em paralelo à criação de sua obra ficcional, reunindo mais de dez títulos, Blanchot passou a dedicar-se à reflexão sobre a literatura, escrevendo outra dezena de livros que o tornaram conhecido como um dos mais notáveis críticos da contemporaneidade. A tomada de partido pela literatura não autoriza, contudo, a denúncia de um "intimismo à sombra do poder": embora mais discreto, e na direção oposta à que orientava seus textos da década de 1930, ele continuou a escrever sobre temas políticos, tendo atuado como um dos principais incitadores ao direito à desobediência durante a guerra da Argélia.

[1] BLANCHOT, Maurice. *A parte do fogo*. Ana Maria Scherer (trad.). Rio de Janeiro: Rocco, 1997.

No interior dessa trajetória nem sempre sensata, *A parte do fogo*, lançado em 1949, ocupa um lugar particular. Além de apresentar as primeiras reflexões de Blanchot sobre alguns de seus autores prediletos — Kafka, Mallarmé, Baudelaire, Lautréamont, Hölderlin, Valéry e Nietzsche —, esses ensaios encerram as questões centrais de sua obra. Ou, melhor dizendo, introduzem a problemática em torno da qual gravitou a vida intelectual de Blanchot, e que pode ser sintetizada no título de um dos melhores textos do volume: "A literatura e o direito à morte".

Blanchot parte de um lugar-comum dos estudos linguísticos: se é a ausência que constitui a linguagem, toda nomeação expressa uma falta. Contudo, ao investigar tal tópica, extrai dela graves consequências filosóficas: a linguagem representa um recuo inevitável diante da existência e, por essa razão, o que ela enuncia é sempre uma negação do ser: "Eu me nomeio, e é como se eu pronunciasse meu canto fúnebre: eu me separo de mim mesmo, não sou mais a minha presença nem minha realidade, mas uma presença objetiva, impessoal, a do meu nome, que me ultrapassa, e cuja imobilidade petrificada faz para mim exatamente o efeito de uma lápide, pesando sobre o vazio" — diz ele, atentando para a despossessão que subjaz a todo enunciado.

Alheia ao efeito de desrealização que repousa no horizonte da linguagem, a fala cotidiana toma palavras e coisas como equivalentes absolutos, acreditando que a simples evocação do nome possa restituir a presença plena do ser. A literatura, porém, caminha no sentido inverso: não só ela encontra sua própria razão de ser nessa desrealização, como reivindica tal "direito à morte" para poder existir plenamente. Daí sua inquietude, sua instabilidade, mas também seu poder e sua liberdade. Daí, sobretudo, sua insensatez.

A essência da atividade literária, diz Blanchot, reside precisamente no esforço trágico de convocar o ausente na condição de ausente, para tornar real sua presença fora dele mesmo e do mundo — ou seja, para presentificá-lo em sua realidade de linguagem. Tarefa estranha e incômoda, continua ele, na medida em que "a palavra é essa vida que carrega a morte e nela se mantém". Eis, para Blanchot, o paradoxo que define a experiência literária: trata-se da "teimosia de um saber desvairado" que insiste na sua irrealidade, tal qual uma sombra declinada sobre si mesma — e que persiste como um fluxo sem origem, tal qual um eco condenado à repetição infinita.

Entende-se por que um dos temas privilegiados de *A parte do fogo* seja o da impossibilidade da morte. O desespero dos personagens de Kafka, segundo Blanchot, advém da tomada de consciência de uma verdade ainda mais cruel que a morte: a de que o tormento do homem sobrevive ao seu próprio fim. A desgraça de Gregor Samsa consiste na maldição de continuar existindo, assim como a execução de Joseph K. não extingue por completo a vergonha de sua existência; da mesma forma, a morte não suprime a autoridade do imperador de "A muralha da China", nem a do velho comandante da "Colônia penal", que se eterniza na máquina de tortura. Em suma: a morte é produtiva, e cabe à literatura dar o testemunho de seu incessante trabalho.

Cada qual à sua maneira, os autores sobre os quais Blanchot discorre estiveram todos implicados nesse mesmo absurdo. A exemplo de Kafka, também eles se atribuíram tarefas inconciliáveis, fazendo seu o domínio do equívoco, do ambíguo, do impossível. No limite, esses autores tão diferentes entre si perseguem um mesmo "impossível vivo" — expressão de René Char que, para Blanchot, resume o movimento sem fim dessa "negação produtiva" própria da aventura literária.

Não se deve estranhar, portanto, que tal ambiguidade marque a escrita e o pensamento do próprio escritor, atraídos também "para um ponto instável em que podem mudar, indiferentemente, de sentido e de sinal". Se Blanchot prefere a força expressiva à precisão conceitual, é por acreditar que não existem demarcações seguras entre a ficção e a crítica, ambas determinadas pela mesma prática da ausência que constitui o ser da linguagem. Por isso, talvez mais que uma interrogação da palavra sobre si mesma, o desafio que o autor de *A parte do fogo* impõe ao pensamento é uma prova limite, à altura da morte. Prova essa que Georges Poulet sintetizou com justeza, ao afirmar que a obra de Blanchot inverte o *cogito* cartesiano para propor, com insensata lucidez, um "penso, logo não existo".

A medida do impossível

A inquietação que tomou conta do pensamento europeu após a Segunda Guerra Mundial, sobretudo quando os documentos do horror começaram a ser divulgados, representou muito mais que simples perplexidade. Tendo que enfrentar as evidências da barbárie nazista, parte dos intelectuais da época viu-se compelida a reconsiderar as bases de um humanismo que a realidade colocava radicalmente em xeque. Mais ainda: a própria noção de humanidade tornou-se frágil e, diante do saldo de 11 milhões de mortos, alguns se lançaram à urgência de repensá-la.

Como abordar o impossível que a guerra havia tornado possível? Nada mais difícil: as monstruosas "experiências científicas" levadas a termo no Terceiro Reich, somadas aos níveis de degradação a que estiveram expostos os judeus nos campos de extermínio, desafiavam os parâmetros existentes, por mais eficazes que eles tivessem provado ser no passado. Como formular interpretações que pudessem dar conta da irracionalidade do espírito de Munique?

Para um pensador como Georges Bataille, que afirmava nutrir uma "amizade cúmplice por todos os homens", tais questões eram fundamentais e circunscreviam um amplo horizonte de indagações filosóficas. A primeira delas pode ser expressa através de uma pergunta tão simples quanto desconcertante: sendo irrestrito esse sentimento de amizade, seria possível estendê-lo aos carrascos? Bataille não se furtou a essa reflexão, dando continuidade a uma tradição do pensamento que remete à conhecida máxima de Terêncio — "homem sou; nada do que é humano me é estranho" — revisitada por pensadores os mais diversos, como Pierre Klossowski ou Teilhard de Chardin, para citar apenas dois de seus contemporâneos.

Na tentativa de compreender as pulsões presentes no fascismo, o autor assumiu o risco de manipular representações do mal que, tendo desaparecido da cena simbólica, reapareciam com força assassina na cena da história. Para tanto esboçou uma espécie de "genealogia do mal", cujo quinhão literário se encontra em *A literatura e o mal* (1957), recorrendo a pensadores de espírito fundamentalmente anticristão e anti-humanista, como Sade e Nietzsche. Deste último — a quem dedicou diversos artigos nos anos 1930, visando resgatá-lo das garras nazistas —, interessavam-lhe em particular as concepções sobre o sentido da tragédia e do sacrifício.[1]

Bataille começou a ler Nietzsche no início dos anos 1920. O passo foi decisivo: "por que devo considerar a possibilidade de escrever se meu pensamento — todo o meu pensamento — já foi plenamente, admiravelmente exposto?" — perguntava o jovem aspirante a filósofo, ao percorrer as páginas de *Além do bem e do mal*. Daí para a frente, sob a orientação de Léon Chestov, ele devotou uma leitura apaixonada ao pensador alemão, acompanhando sua tradução na França ao longo daquela década. No centro de tal interesse estava o desejo de professar uma religiosidade profana, que ele via se manifestar no ideal dionisíaco de Nietzsche. Aliás, era precisamente essa inesperada confluência entre o espírito religioso e o pensar ateu que o inspirava em larga medida, abrindo caminho para o desenvolvimento da sua noção de sagrado. Com efeito, o que Bataille buscava era um ateísmo "de natureza singular", semelhante ao do autor de *Ecce homo*, que ele qualificaria mais tarde como "o ateísmo de um homem que conhece Deus, que teve a mesma experiência de Deus que os santos tiveram".[2]

É precisamente nesse ponto que se pode abordar a recorrente interrogação do sacrifício na obra batailliana, que se desdobra em férteis indagações sobre os limites entre o humano e o animal ou sobre a eclosão da violência no mundo sagrado e no profano. Tema que ocupa um lugar central não só em sua obra, mas também em sua vida intelectual como um todo, já que foi ao redor dele que Bataille fundou, em meados dos anos 1930, duas organizações: o Colégio de Sociologia, dedicado aos estudos de "antropologia mística" e de "sociologia sagrada", e a sociedade secreta Acéphale, destinada a misteriosas experiências que giravam em torno do sacrifício.

---

[1] Cf. SURYA, Michel. *Georges Bataille, la mort à l'oeuvre*. Paris: Gallimard, 1992, p. 618.
[2] BATAILLE, Georges. "Gide — Nietzsche — Claudel", in *Œuvres complètes*, tomo XI. Paris: Gallimard, 1988, p. 127.

A *medida do impossível* 175

"O sagrado", escreve ele numa passagem de *Teoria da religião*, "é essa pródiga ebulição da vida, comparável à chama que destrói a madeira ao consumi-la. Ele é o contrário de uma coisa, o incêndio ilimitado, que se propaga, irradia calor e luz, inflama e cega, e aquilo que ele inflama e cega, por sua vez, subitamente, inflama e cega."[3] Não surpreende que Bataille vá aproximar essa concepção ao projeto nietzschiano de "afirmação religiosa da vida no seu absoluto", insistindo na apologia de uma religiosidade profana. Esboça-se aí um paradoxo que está no centro de seu pensamento, e que Sartre tentou nomear, não sem certa ironia, quando definiu o escritor como "um místico sem Deus".

De fato, no materialismo radical do autor de *A experiência interior*, na sua filosofia agressivamente anti-idealista, contrária a todo tipo de abstrações, vislumbra-se a presença de um estranho Deus. Talvez a definição mais precisa de tal paradoxo tenha sido dada por um amigo seu, o artista plástico Hans Bellmer, que afirmou certa vez: "O que me incomoda nele é esse Deus, mesmo morto, presente em tudo como um *voyeur*". Impossível não dar ouvidos a essas palavras quando recordamos que, até mesmo nos escritos mais escatológicos, Bataille sempre evoca um ponto transcendente, ou um "ser supremo", como prefere chamá-lo em *Teoria da religião*. Contudo, cumpre lembrar também que ele nunca deixou de afirmar seu ateísmo, dizendo conceber Deus como medida hipotética do excesso, do impossível — enfatizando sem cessar o termo "medida".

Avessa à ideia abstrata de transcendência, a mística profana de Bataille converte Deus na possibilidade extrema de experiência humana: "Deus é o equivalente do suplício", afirma o autor, conclusivo.[4] Assim, se a divindade equivale ao termo a partir do qual o homem pode conceber o impossível, só no sacrifício é que essa concepção ganha estatuto de realidade, podendo efetivamente realizar--se. Desmedida que se inscreve na ordem do possível, o rito sacrifical implica sujeitos concretos, intervindo na materialidade de seus corpos. Como todo ritual, trata-se de uma prática simbólica e material que afirma e nega o mundo terreno, consumindo aquilo que consagra,

[3] Bataille, Georges. *Teoria da religião*. Sérgio Góes de Paula e Viviane de Lamare (trads.). São Paulo: Ática, 1993, p. 44.
[4] Citado por Michel Surya, op. cit., p. 587.

destruindo a própria substância daqueles a quem anima. Contudo, por conferir um sentido religioso à violência, o rito supõe necessariamente formas de controle das forças destrutivas. "A destruição que o sacrifício quer operar não é o aniquilamento", completa o autor.[5]

O maior mérito dessas reflexões talvez seja o de fornecer parâmetros para se pensar a violência humana fora dos discursos humanistas que, desgastados na afirmação de um homem universal e abstrato, se revelaram mera retórica diante das evidências concretas de que o mal dizia respeito a toda humanidade. Além disso, elas nos incitam a diferenciar as práticas violentas entre si, mostrando que seria um equívoco comparar o assassinato em massa perpetrado pelas guerras aos antigos ritos sacrificiais. Ora, Bataille ensina que a autêntica sensibilidade religiosa — sagrada ou profana — representa o oposto da alienação. Assim, o sentido do sacrifício e a forma como ele é vivido nada têm em comum com o extermínio: se o direito de pertencer à espécie humana não pode ser recusado àqueles que praticam a violência cega, é possível ao menos negar-lhes a amizade.

[5] BATAILLE, Georges. *Teoria da religião*, op. cit., p. 37.

Dois pensamentos e um jardim

Lê-se logo nas primeiras linhas da apresentação às obras completas de Georges Bataille, assinada por Michel Foucault: "Hoje nós sabemos: Bataille é um dos mais importantes escritores do nosso século". A essas palavras, escritas em 1970, seguem-se outras ainda mais conclusivas: "a ele devemos em grande parte o momento onde estamos; mas tudo o que falta fazer, pensar e dizer, isso também lhe devemos e ainda o faremos durante um longo tempo".[1]

A passagem não é isolada: em diversas ocasiões, Foucault declarou afinidades com o pensamento batailliano, chegando mesmo a apresentar-se como seu discípulo. Essa filiação — para empregarmos um termo pouco caro ao autor de *As palavras e as coisas* — pode ser reconhecida na obstinação com que ambos pensadores se empenharam em desconstruir a ideia moderna de razão, consolidada em torno das noções de saber e verdade. É sabido que Foucault entrou em contato com os motivos nietzschianos da crítica da racionalidade ocidental por meio de Bataille. Contudo, uma aproximação mais rigorosa entre os dois pensadores pode colocar o leitor diante de diferenças significativas, que supõem até mesmo distintos fundamentos críticos.

Basta sair da esfera estritamente temática para se perceber que a construção dos argumentos de cada um dos autores, ambos profundamente cativantes, não raro acionam distintas adesões de leitura. Foucault, de sua parte, vale-se de um método, o "genealógico", para problematizar a constituição dos saberes e dos discursos no interior de uma trama histórica. Em *Microfísica do poder*, ele recorre a Nietzsche para fundamentar sua opção:

---

[1] FOUCAULT, Michel. "Apresentação", in Georges Bataille, *Œuvres complètes*, tomo I. Paris: Gallimard, 1970, p. 5.

178 Eliane Robert Moraes

"a genealogia exige a minúcia do saber, um grande número de materiais acumulados, exige paciência. Ela deve construir seus 'monumentos ciclópicos' não a golpes de 'grandes erros benfazejos' mas de 'pequenas verdades inaparentes estabelecidas por um método severo'. Em suma, certa obstinação na erudição".[2] Para realizar tal empresa, o autor vai sustentar suas teses em rigorosa frequentação dos textos com consistente informação histórica, constituindo um leitor por excelência intelectual e, digamos ainda, de forte perfil acadêmico.

Já Bataille se dirige primordialmente ao leitor sensível, mais exatamente ao "exasperado".[3] A este, deseja apresentar "o movimento aberto da reflexão", ancorando-se antes em "pesadas meditações" que em métodos. Seus livros, filosóficos ou literários, têm invariavelmente a marca da provisoriedade, do inacabamento ou do que ele mesmo chamou de "inclinação em direção à noite do não saber".[4] Na introdução à *Teoria da religião*, por exemplo, ele confidencia ao leitor que seu texto tenta "exprimir um pensamento móvel sem nele buscar o estado definitivo", para adiante concluir, categórico: "uma filosofia não é jamais uma casa, mas um canteiro de obras".[5]

Não é difícil perceber que a exigência de rigor a que se propõe o pensador de *Sur Nietzsche* tem pouca afinidade com o obstinado exercício de erudição a que se entrega Foucault. "Como me entristeço hoje com minha falta de rigor — ao menos nas aparências — que corre o risco de enganar profundamente" — afirma o autor, com estratégica ambiguidade, numa passagem de *A experiência interior*, insinuando que cabe ao leitor a tarefa de ultrapassar as aparências enganosas. Afinal, não é no texto, mas antes "no exercício da vida" que Bataille persegue "o maior rigor possível". E, se tal exigência busca igualmente em Nietzsche seu fundamento, aqui não é mais o sábio severo minucioso a ser evocado, e sim o "filósofo bacante" que,

---

[2] FOUCAULT, Michel. *Microfísica do poder*. Roberto Machado (trad.). Rio de Janeiro: Graal, 1982, pp. 15-6. As passagens entre aspas são citações de Nietzsche em *Gaia ciência* e *Humano demasiado humano*.

[3] "Eu não me dirijo aos filósofos; só posso dirigir-me à exasperação", sublinha Bataille em "Méthode de méditation", in *Œuvres complètes*, tomo V. Paris: Gallimard, p.194.

[4] BATAILLE, Georges. "L'expérience intérieure", in *Œuvres complètes*, tomo V. Paris: Gallimard, 1973, p. 39.

[5] BATAILLE, Georges. "Théorie de la religion", in *Œuvres complètes*, tomo VII. Paris: Gallimard, p. 287.

investindo seus sentidos na reflexão, é capaz de captar até mesmo o movimento efêmero de uma dança.[6]

Talvez seja preciso revisitar a noção de "experiência interior", que constitui um dos eixos centrais do pensamento batailliano, para se entender o "rigor de vida" nele suposto. Em oposição à atividade científica — que teria na dissecação sua imagem privilegiada —, a "experiência interior é um movimento em que o homem põe inteiramente em questão". Trata-se, pois, de descartar o distanciamento que caracteriza a ciência, para viver a vitalidade do próprio ato, na pulsação muda e fugaz do presente, sem qualquer mediação. Daí que, nesse caso, o discurso venha sempre a ocupar um lugar secundário, ou até mesmo dispensável:

> A diferença entre a experiência interior e a filosofia reside principalmente no fato de que, na experiência, o enunciado não é nada, senão um meio, e ainda, não somente meio, mas obstáculo; o que conta não é mais o enunciado do vento, é o vento.[7]

Eis por que Bataille insiste na tópica do inacabamento, que repercute fortemente no seu texto: partindo do desejo de expressar um pensamento móvel, ele termina por evidenciar o inacabamento que subjaz a todo texto, a todo discurso, a toda forma de representação. Talvez ninguém tenha reconhecido tão bem tal intento como o próprio Foucault, que assim o sintetizou:

> A todos aqueles que se esforçam em manter, antes de tudo, a unidade da função gramatical do filósofo — ao preço da coerência, da existência mesmo da linguagem filosófica — poderíamos contrapor o empreendimento exemplar de Bataille, que não cessou de dissipar em si, com obstinação, a soberania do sujeito filosofante. Nisso, sua linguagem e sua experiência foram seu suplício.[8]

Testemunha-se no autor de *La part maudite* o primado da experiência sobre o enunciado: "o momento supremo excede necessariamente a interrogação filosófica", dirá ele em *O erotismo*;

---

[6] BATAILLE, Georges. "L'expérience intérieure", op. cit., pp. 437, 426 e 41.

[7] Idem, ibidem, p. 25.

[8] FOUCAULT, Michel. "Préface à la transgression", *Critique — Hommage à Georges Bataille*, n. 195-196, ago./set. 1963. Apud SURYA, Michel. *Georges Bataille, la mort à l'œuvre*. Paris: Gallimard, 1992, p. 557.

"o excesso excede ao fundamento", concluirá no desconcertante prefácio à *Madame Edwarda*.[9] Por certo, encontra-se aí uma das chaves que justifica o lugar central da literatura na obra batailliana e, de quebra, a razão pela qual as imagens literárias ganham, nos ensaios filosóficos do autor, relevância análoga à dos conceitos.

É verdade que também Foucault manifestou grande interesse pela literatura como forma de conhecimento, valendo-se igualmente de uma prática textual que toma o efeito literário como indutor de pensamento. Aliás, num ensaio sobre o tema, Renato Janine Ribeiro observa que o autor de *A história da loucura* vale-se fundamentalmente da estratégia literária da surpresa:

> A frase que choca ou impressiona tem eficácia — a de ofuscar, a de permitir um novo conhecimento mediante o desalojar a razão, presa das rotinas. [...] Ao leitor, busca-se surpreender, fazendo que perca suas rotas usuais mediante lampejos, pontuais, de sedução (como poderíamos também pensar que agem certas aforismos de Nietzsche).[10]

Ao construir o inesperado, Foucault visaria desconcertar os hábitos de nossa razão, obrigando-nos a pensar diferente.

Do mesmo modo, Bataille propõe-se a ferir as certezas de quem o lê, mas sua estratégia não se fixa na surpresa, preferindo cativar seu público com um convite à ousadia. "Proponho um desafio, não um livro" — dirá na apresentação de *A experiência interior*, alertando: "quereria escrever um livro do qual não se pudesse tirar consequências fáceis". Frases como estas, graves e cortantes, dirigem-se diretamente ao leitor, solicitando-lhe cumplicidade na vertigem que propõem: "Não escrevo para quem não poderia se demorar mas para quem, entrando neste livro, cairia como em um buraco". E reitera, ainda mais determinado: "Se essa leitura não devesse ter para si a gravidade, a tristeza mortal do sacrifício, quereria não ter escrito nada".[11]

---

[9] Georges Bataille citado por J. Habermas, *O discurso filosófico da modernidade*. Manuel José Simões Loureiro (trad.). Lisboa: Dom Quixote, 1990, p. 224, e Georges BATAILLE, "Prefácio a Madame Edwarda", in *História do olho*. Glória Correia Ramos (trad.). São Paulo: Escrita, 1981, p. 14.

[10] RIBEIRO, Renato Janine. "O discurso diferente", in *Recordar Focault*. São Paulo: Brasiliense, 1985, p. 29.

[11] BATAILLE, Georges. *L'expérience intérieure*, op. cit., pp. 426, 432 e 442. Para um desenvolvimento do tema, consultar o artigo "O filósofo bacante", neste livro, pp. 87-90.

Essas breves notas talvez sejam suficientes para confirmar que cada autor estrutura seu texto de forma decididamente deliberada, visando a produzir uma determinada leitura. Contudo, a "trama histórica" arquitetada por Foucault guarda distância do "canteiro de obras" de Bataille. A essas diferentes estratégias de composição textual correspondem também distintas concepções quanto às composições arquitetônicas, tema abordado com frequência na obra dos dois pensadores. Com efeito, a arquitetura é um *locus* privilegiado para se interrogar tais diferenças.

* * *

Em *A história da loucura* e em *Vigiar e punir*, Foucault responsabiliza em grande parte as técnicas de planejamento espacial pela produção da loucura e da criminalidade: os hospitais, as prisões e os sanatórios encerram o indivíduo para vigiá-lo e obrigá-lo a falar. Edifício emblemático, nesse sentido, é o Panóptico de Jeremy Benthan, que faz funcionar o projeto de uma visibilidade inteiramente organizada em torno de um olhar dominador e vigilante, fornecendo a fórmula de um poder que se exerce por transparências e não tolera zonas de obscuridade: trata-se, efetivamente, de uma arquitetura pensada para ser operativa na transformação dos indivíduos.[12] No interior dos edifícios murados, Foucault descobre as tecnologias do poder que produzem o "sujeito útil e dócil".

Já em Bataille a arquitetura tem como função expressar a "fisionomia de personagens oficiais", ou seja, ela dá forma às ordens e proibições sociais. Representação autoritária, o monumento é erigido para inspirar o bom comportamento social e, com frequência, o temor: "Os grandes monumentos se levantam como diques, contrapondo a lógica da majestade e da autoridade a todos os elementos turvos: é sob a forma de catedrais e palácios que a Igreja e o Estado se dirigem e impõem silêncio às multidões".

A tomada da Bastilha teria sido exemplar nesse sentido, expressando "a animosidade do povo contra os monumentos que são seus verdadeiros senhores".[13] Na fachada do edifício de pedra, que

[12] FOUCAULT, Michel. *Surveiller et punir: naissance de la prison*. Paris: Gallimard. s.d., p. 174.
[13] BATAILLE, Georges. "Architecture", in *Œuvres complètes*, tomo I. Paris: Gallimard, 1970, p. 171.

esmaga simbolicamente o indivíduo, o autor de *O erotismo* descobre a lógica da autoridade, que ameaça e silencia.

Foucault vê as construções por dentro; Bataille as vê de fora. Se, para ambos, a prisão representa a forma genérica da realização arquitetônica, sua eficácia deve-se a motivos opostos: uma funciona por chamar a atenção para si, outra por disfarçar sua verdadeira função. Uma é repressora (impõe silêncio); a outra é expressiva (faz falar).

A arquitetura que está na mira do criador de *L'Anus solaire* — convexa, frontal, extrovertida —, impondo-se externamente aos indivíduos, não compartilha as qualidades do edifício oval de Foucault, cuja concavidade insinuante contorna, emoldura e confina para fins terapêuticos ou disciplinares. Enquanto o primeiro pensa em termos de representações autoritárias, o segundo refere-se ao planejamento espacial e às tecnologias de poder. Talvez se possa dizer que, enquanto para Foucault, esboça-se um espaço sem saída, para Bataille abre-se a possibilidade de conceber "espaços secretos". Vejamos rapidamente por quê.

Para propor o Panóptico como modelo arquitetônico de uma sociedade caracterizada pela relação de indivíduos privados com o Estado, o autor de *Vigiar e punir* recorre à arquitetura da Grécia antiga, que expressava os valores de uma sociedade marcada pela relação intensa da comunidade com a vida pública. Os templos, teatros ou circos gregos eram construídos para oferecer espetáculos ao maior número de pessoas; fossem religiosos, políticos ou estéticos, seu objetivo principal era recriar a unidade do coletivo. Na sociedade moderna, porém, tal modelo foi substituído por uma forma de planejamento espacial que se adequou com eficácia ao poder disciplinar: a arquitetura de vigilância.

Recordemos o modelo:

> Na periferia, uma construção em anel; no centro, uma torre; esta possui grandes janelas que se abrem para a parte interior do anel. A construção periférica é dividida em celas, cada uma ocupando toda a largura da construção. Estas celas têm duas janelas: uma abrindo-se para o interior, correspondendo às janelas da torre; outra, dando para o exterior, permite que a luz atravesse a cela de um lado a outro. Basta então colocar um vigia na torre central e em cada cela trancafiar um louco, um doente,

um condenado, um operário ou um estudante. Devido ao efeito da contraluz, podem-se perceber da torre, recortando-se na luminosidade, as pequenas silhuetas prisioneiras nas celas da periferia. Em suma, inverte-se o princípio da masmorra; a luz e o olhar de um vigia captam melhor que o escuro que, no fundo, protegia.[14]

Não há escape possível: o Panóptico, como emblema arquitetônico da sociedade oitocentista, é um espaço sem saída.

Vale lembrar que essa passagem relaciona-se a outras concepções relevantes no pensamento de Foucault. Tome-se, por exemplo, *A vontade de saber*, onde ele expressa sua terminante recusa da "hipótese repressiva" que seria o ponto de partida das teorias de Freud e de Reich, em função de um novo conceito, o "dispositivo da sexualidade". Segundo o autor, a partir do século XVIII a história da sexualidade é marcada, não pela repressão sexual, mas pela multiplicação dos discursos sobre o sexo no próprio campo do exercício do poder:

> Em vez da preocupação uniforme em esconder o sexo, em lugar do recato geral da linguagem, a característica de nossos três últimos séculos é a variedade, a larga dispersão dos aparelhos inventados para dele falar, para fazê-lo falar, para obter que fale de si mesmo, para escutar, registrar, transcrever e redistribuir o que dele se diz.[15]

Trata-se, com efeito, da "produção do sexo". Como observa Foucault, o dispositivo da sexualidade engloba discursos, instituições, organizações arquitetônicas, decisões regulamentares, leis, medidas administrativas, além de enunciados científicos, filosóficos e morais, o que decididamente inclui tanto o dito como o não dito. Percebe-se que tudo, ou quase tudo, figura nessa relação exaustiva, de forma a insinuar um nexo profundo com o Panóptico de Bentham. A rigor, ambas as descrições englobam o que quer que esteja ao seu redor, e nada parece escapar de sua ânsia totalitária. Aliás, o autor de *Microfísica do poder* disse e repetiu muitas vezes que essas redes de transparência são máquinas de inclusão e que até mesmo os discursos "libertários" partem do interior dessa trama.

[14] Foucault, Michel. *Microfísica do poder*, op. cit., p. 210.
[15] Foucault, Michel. *História da sexualidade I — A vontade de saber*. Maria Thereza da Costa Albuquerque e J.A. Guilhon Albuquerque (trads.). Rio de Janeiro: Graal, 1980, p. 35.

Ora, a distância entre Foucault e Bataille amplia-se ainda mais no capítulo da erótica, a que ambos pensadores se dedicaram com grande interesse. Afinal, que afinidades haveria entre uma tal produção do sexo e o arrebatamento do transe erótico de que fala o autor de *História do olho*? Este concebe o erotismo como substância da vida interior do sujeito, associando-o à experiência religiosa: "o prazer seria desprezível não fosse esse aterrador ultrapassar-se que não caracteriza apenas o êxtase sexual: místicos de diversas religiões, especialmente os místicos cristãos, vivenciaram-no da mesma forma. O ser nos é dado num transbordamento do ser, não menos intolerável do que a morte".[16] Por isso, completa ele, "o erotismo é, na consciência do homem, o que o leva a colocar o seu ser em questão".[17]

Assim concebida, a vida sexual também supõe uma dimensão interior, já que conduz o sujeito a um estado meditativo, onde o silêncio substitui o discurso: "O homem não é redutível ao órgão de gozo. Porém esse órgão inconfessável ensina-lhe o seu segredo".[18] Lugar secreto que nada tem em comum com os espaços fabricados pela sociedade disciplinar, pois o segredo, nesse caso, provém de outro patamar do pensamento, supondo uma profundidade para além da trama social; como adverte o autor logo nas primeiras páginas de *O erotismo*, "todos nós, eu e vós, existimos por dentro".[19]

Não é o caso, aqui, de contrapor *ad infinitum* as concepções de Foucault e de Bataille, mas apenas de indicar que cada qual se move numa região irredutível à outra. Enquanto o primeiro investiga a história da sexualidade, o segundo se propõe a interrogar os fundamentos do erotismo; ou seja, entre a "produção do sexo" e a "experiência interior do sexo" abre-se um intervalo sem comunicação. Importa, pois, notar que não há passagem possível de uma concepção a outra: onde o pensamento de Bataille aponta para uma "interioridade" que porta o segredo do sujeito, Foucault parece deparar tão somente com um "vazio", a ser ocupado pelas formas históricas e sociais do existir humano.

---

[16] BATAILLE, Georges. "Prefácio à Madame Edwarda", op. cit., p. 12.
[17] BATAILLE, Georges. "L'érotisme", in *Œuvres complètes*, tomo X. Paris: Gallimard, s.d., p. 33.
[18] BATAILLE, Georges. "Prefácio à Madame Edwarda", op. cit., p. 13.
[19] BATAILLE, Georges. *L'érotisme*, op. cit., p. 20.

Dois pensamentos e um jardim 185

Se o autor de *Vigiar e punir* vislumbra a arquitetura por dentro, é porque esse "dentro" está por completo submisso às regras "de fora", resultando num espaço saturado, sem resto, sem sobra, onde nada se mantém na condição de experiência interior. Como observou Blanchot, a estrutura do internamento descrita em *História da loucura* remete a uma exterioridade, e o que está fechado é efetivamente esse "lado de fora".[20] Trata-se de "uma interiorização do lado de fora", como também sublinhou Deleuze: "Dentro como operação do fora: em toda a sua obra, um tema parece perseguir Foucault — o tema de um dentro que seria apenas a prega do fora, como se o navio fosse uma dobra do mar".[21]

Bataille, ao contrário, parte de uma exterioridade aparente para chegar a um núcleo que seria essencial: em contraposição aos monumentos ameaçadores, ele concebe centros espaciais misteriosos, tais como confrarias, sociedades secretas, e todo tipo de ordens místicas que em sua obra ganham o nome de "organizações de inverno". São mundos subterrâneos que ocultam um centro secreto: os labirintos, as pirâmides ou os jardins interiores que proliferam em seus textos insinuam que a saída, para o criador da Acéphale, se encontra no mais das vezes nas "interioridades".

Situando-se no plano "visível" de um mundo "feito de superfícies superpostas, arquivos ou estratos", como quer Deleuze, o pensamento de Foucault não poderia levar à descoberta de uma saída oculta. Em permanente embate com as relações de força, sua atenção se volta sempre a um ponto limite, onde as vidas "se chocam com o poder, se debatem contra ele, tentam utilizar suas forças ou escapar às suas armadilhas".[22] No seu horizonte estaria, portanto, um exercício de "resistência", mas uma resistência de tal forma coextensiva e contemporânea ao poder que não vislumbra outro horizonte além dele.

É uma questão de método, sem dúvida. Ou de "maneira", como prefere Michel Surya, biógrafo de Bataille.[23] Resistência, diante de

---

[20] BLANCHOT, Maurice. *L' entretien infini*. Paris: Gallimard, 1969, p. 292.

[21] DELEUZE, Gilles. *Foucault*. Claudia Sant'Anna Martins (trad.). São Paulo: Brasiliense, 1988, p. 104.

[22] Idem, ibidem, p. 1.

[23] Michel Surya propõe, a respeito de Bataille, a expressão "maneira" para substituir "método" (cf. SURYA, Michel. "O coice do burro", in Georges Bataille, *A mutilação sacrificial e a orelha cortada de Van Gogh*. Carias Valente (trad.). Lisboa: Hiena, p. 15).

um espaço saturado, para Foucault; redenção, num centro secreto, para Bataille. Não é possível registrar aqui muitas afinidades e talvez seja mesmo impertinente falar de filiação. A menos que evoquemos, para finalizar, uma passagem de Nietzsche, que parece reunir o "método" de Foucault à "maneira" de Bataille, fechando o arco que aloja, nas suas diferentes pontas, cada um dos pensadores.

Vale recordar, pois, o prólogo à *Genealogia da moral*, quando o filósofo alemão afirma ter aberto mão de procurar a origem do mal:

> Encontrei e arrisquei respostas diversas, diferenciei épocas, povos, hierarquias dos indivíduos, especializei meu problema, das respostas nasceram novas perguntas, indagações, suposições, probabilidades: até que finalmente eu possuía um país meu, um chão próprio, um mundo silente, próspero, florescente, como um jardim secreto do qual ninguém suspeitava...[24]

Para que se possa reencontrar Foucault e Bataille lado a lado, talvez seja preciso, uma vez mais, revisitar esse jardim secreto.

---

[24] NIETZSCHE, Friedrich. *A genealogia da moral*. Paulo César Souza (trad.). São Paulo: Brasiliense, 1987, p. 10.

Palavra e desrazão

Pouco antes de sua morte, ocorrida em 1984, Michel Foucault publicou um texto notável, no qual interroga as qualidades de certos espaços que nos cercam. Para além dos locais empíricos, bem como das utopias — que são posicionamentos fora da realidade —, ele destaca ainda o que chama de "heterotopias": lugares que, mesmo sendo localizáveis, se configuram como um lugar à parte, constituindo uma espécie de contestação ao mesmo tempo mítica e real do espaço em que vivemos. Cada heterotopia teria uma função no tecido social, que varia entre polos extremos: ora abrigando o desvio — como acontece com as prisões ou os bordéis —, ora projetando os ideais de uma sociedade, como é o caso das bibliotecas ou dos museus.

A imagem mais acabada da heterotopia, porém, seria dada pelo barco. Como observa Foucault, o barco é um espaço flutuante, um lugar sem lugar, que vive por si mesmo, fechado em si e, ao mesmo tempo, lançado ao infinito do mar. Daí ele funcionar, desde o século XVI até os dias de hoje, não apenas como um importante instrumento do progresso econômico das sociedades, mas também como "a sua maior reserva de imaginação". Nas civilizações sem barcos, conclui o autor, "os sonhos se esgotam, a espionagem ali substitui a aventura e a polícia, os corsários".[1]

Sonhos, aventuras, personagens fantasiosos — é digno de nota que o autor de *As palavras e as coisas* tenha descrito o mais expressivo desses "outros espaços" por meio de elementos tão próprios à literatura. Aliás, o texto de Foucault sugere várias afinidades entre a escrita ficcional e as heterotopias: o que dizer, por exemplo, da função de "reserva de imaginação" atribuída aos barcos, que os aproxima definitivamente da escrita literária?

---

[1] FOUCAULT, Michel. "Outros espaços", in *Estética: literatura e pintura, música e cinema*, v. III. Inês Autran Dourado Barbosa (trad.). Rio de Janeiro: Forense Universitária, 2001, p. 422. (Col. Ditos & Escritos)

188 Eliane Robert Moraes

Com efeito, essa aproximação está longe de ser pontual, visto que ela retorna em diversas passagens da obra foucaultiana. A começar por sua insistente afirmação da espacialidade da linguagem, desenvolvida na contracorrente das teorias que advogam sua relação primitiva com o tempo. Foucault disse e repetiu inúmeras vezes que a dimensão temporal descreve apenas uma função da sintaxe mas não o seu ser: "o que permite a um signo ser signo não é o tempo, mas o espaço". Ou, em resumo: "a linguagem é espaço".[2]

Para justificar afirmativas tão categóricas, o autor lança mão de uma série de aspectos estruturais da linguagem, no empenho de confirmá-la como um sistema de signos que obedece a exigências sincrônicas, simultâneas, arquitetônicas e, por conseguinte, espaciais. Este seria, se quisermos, o núcleo mais duro de seu pensamento sobre o tema, configurando concepções que por vezes chegam a resvalar em certo dogmatismo. Vale lembrar, contudo, que tal vertente de inspiração francamente estruturalista não esgota a formidável rede de relações entre espaço e literatura que ele explora com particular vigor.

Prova disso se encontra em vários textos seus, em especial aqueles dedicados à moderna ficção europeia, quase todos escritos nos anos 1960. Em artigo consagrado a Maurice Blanchot, por exemplo, o autor toma um ponto de partida já fortemente marcado pela noção de espacialidade, para definir a literatura como "a linguagem se colocando o mais distante possível dela mesma".[3] Trata-se, portanto, de uma definição tópica, que supõe um deslocamento essencial no modo de ser da linguagem, em paralelo a um novo tipo de experiência discursiva que surge a partir do século XIX.

Experiência fundamentalmente negativa, completa Foucault, que vai eleger a obra de Blanchot como expressão exemplar desse discurso insensato, atentando para a prática da ausência que se trama em seus escritos. Com efeito, para o autor de *A parte do fogo*, a linguagem sempre impõe um recuo inevitável diante da existência: "quando falo, nego a existência do que digo, mas nego também a existência daquele que diz", adverte ele, atentando para o efeito de desrealização

---

[2] FOUCAULT, Michel. "Linguagem e literatura", in Roberto Machado, *Foucault, a filosofia e a literatura*. Rio de Janeiro: Zahar, 2000, p 168.

[3] FOUCAULT, Michel. "O pensamento do exterior", in *Estética: literatura e pintura, música e cinema*, op. cit., pp. 223-5.

que repousa no horizonte de todo enunciado. E conclui, ainda mais categórico:

> Por essa razão, para que a linguagem verdadeira comece, é preciso que a vida, que levará essa linguagem, tenha feito a experiência do seu nada, que ela tenha tremido nas profundezas e tudo o que nela era fixo e estável tenha vacilado. A linguagem só começa com o vazio; nenhuma plenitude, nenhuma certeza, fala; para quem se expressa, falta algo essencial.[4]

A gravidade dessas palavras traduz o princípio trágico que, segundo Foucault, está na origem do discurso literário da modernidade: trata-se de convocar o ausente na condição de ausente, de tornar real sua presença fora dele mesmo e do mundo — enfim, de presentificá-lo em sua pura realidade de linguagem. Por isso mesmo, essa experiência negativa que é a literatura torna-se inseparável da fundação de um lugar impessoal, inumano, irreal — voltado para "o puro exterior onde as palavras se desenrolam infinitamente", como quer Foucault — e que coincide com o que Blanchot chamou de "espaço literário".

Ora, com tais considerações em mente, não seria pertinente uma aproximação entre o espaço fundado pela literatura e a heterotopia, cada qual configurando um lugar à parte no interior de um sistema? Afinal, como entender a aventura sensível de escritores como Roussel, Klossowski, Bataille ou Blanchot, senão como tentativas pungentes de habitar esse "outro lugar" — ou esse outro modo de discurso que o autor de *História da loucura* define como "experiência radical da linguagem"?

Por certo, uma experiência que implica necessariamente deslocamentos, transposições de bordas, passagens aos limiares. Ou, a exemplo do que Foucault propôs sobre Beckett, essas escritas estão sempre procurando ultrapassar os limites de sua própria regularidade. Por certo, não é difícil reconhecer tais atributos nas obras dos autores acima citados, aos quais poderíamos acrescentar ainda os nomes de Sade, Nietzsche, Nerval, Hölderlin ou Artaud, que estão entre os mais visitados nas análises foucaultianas. Não é difícil reconhecer tampouco as profundas afinidades que as experiências literárias levadas

---

[4] BLANCHOT, Maurice. *A parte do fogo*. Ana Maria Scherer (trad.). Rio de Janeiro: Rocco, p. 312.

a cabo por esses artistas têm com um outro tema fundamental para Foucault: a loucura.

Ao levar a linguagem ao extremo, expondo os confins da razão, esses escritores deixam à descoberta a ausência de sentido que torna possível todo sentido, selando uma aliança definitiva entre a palavra e a loucura. Dessa forma, em vez de subordinar a fala do louco à linguagem racional, como acontece com os discursos psiquiatras mais conservadores, a ficção moderna lhe dá uma voz, conferindo à sua experiência insensata uma profundidade e um poder que até então lhe haviam sido terminantemente recusados.

Mais que revelar o louco, porém, essa voz mostra que o discurso literário autêntico exige o risco da proximidade com a loucura. Como afirma Foucault ao analisar um livro de Bataille, cabe à ficção — enquanto expressão de uma experiência de linguagem — "dizer o que não pode ser dito".[5] Para tanto, ela se impõe a difícil tarefa de reinstaurar o diálogo entre a razão e a desrazão, na tentativa de encontrar entre ambas uma linguagem comum que possa expressar, no limiar do possível, a experiência trágica do homem moderno.

Para além de uma expressão estética, portanto, a literatura aparece para Foucault como o terreno privilegiado onde se efetua uma experiência extrema de pensamento. Abertura para a loucura, por certo, que supõe a ousadia de flutuar sobre o sentido, de acolher significados provisórios, de reinventar palavras — em suma, de habitar um espaço sem se fixar num lugar. Os escritores que se abandonaram a essa aventura não estavam, decididamente, em terra firme.

Impossível não recordar aqui a heterotopia do barco, espaço flutuante lançado ao infinito do mar, que também propõe uma imagem perfeita para esse lugar outro, onde a imaginação literária se deixa flutuar. E talvez seja difícil não associá-la igualmente àquela "nau dos insensatos" que Foucault evoca diversas vezes em *História da loucura*: um barco carregado de loucos, navegando à deriva e excedendo os horizontes de toda compreensão.

---

[5] FOUCAULT, Michel. "Prefácio à transgressão", in *Estética: literatura e pintura, música e cinema*, op. cit., p. 34.

Anatomia do monstro

Nos tratados ocidentais de teratologia, antigos ou modernos, os mutilados e deformados figuram quase sempre como um capítulo obrigatório. Entre os monstros biológicos incluem-se com frequência os anões, os corcundas, os cegos, os aleijados e outros portadores de defeitos físicos; entre os seres imaginários destaca-se igualmente uma série de criaturas às quais faltam um ou mais órgãos. Tudo se passa como se houvesse uma continuidade entre as formas monstruosas e as imperfeições anatômicas, de modo que as deformidades do corpo humano parecem estar na origem da própria ideia de monstro.

Entre as diversas definições de monstro, uma das mais constantes consiste em considerá-los seres inacabados ou, como prefere Kappler, "seres a quem falta algo de essencial". Essa concepção já se faz presente em várias fontes da antiguidade, como Plínio ou Aristóteles. Lucrécio, por exemplo, ao descrever o começo do mundo em *De natura rerum*, define tais criaturas unicamente por meio de caracteres negativos:

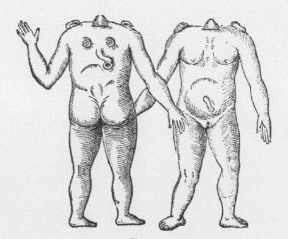

Figura 1.

> Numerosos também foram os monstros que a terra nessa época esforçou-se por criar e que nasciam com aspecto e membros estranhos — tal como o andrógino, intermediário entre dois sexos, que não é um nem outro e não pertence a nenhum —, seres privados de pés ou desprovidos de mãos, ou ainda mudos e sem boca, ou que ocorria serem cegos e sem

olhar, ou cujos membros cativos permaneciam inteiramente grudados ao corpo e nada podiam fazer, nem se mover, nem evitar o perigo, nem prover às suas necessidades.[1]

Nessa definição, o monstro aparece como um homem que, vivendo nos primórdios da constituição do mundo, ainda não se completou: ele é privado ou desprovido de alguma capacidade ou órgão que se torna indispensável na própria qualificação do humano. Inacabadas, as espécies descritas em *De natura rerum* remetem a uma perturbação no curso da geração do homem, a um acidente natural, ou a "um desvio da natureza", para adiantarmos o termo com que Georges Bataille define tais criaturas. Não deixa de ser expressivo que essa concepção continue sendo operante em distintas condições históricas: em que pese o grande intervalo entre épocas, certas definições de seres monstruosos que figuram nos tratados do século XVI guardam bastante proximidade com a de Lucrécio.[2]

O mais conhecido desses tratados é *De monstres et prodiges*, escrito em 1573 por Ambroise Paré, que realiza uma das primeiras

Figura 2.

[1] Citado por Claude Kappler, *Monstros, demônios e encantamentos no fim da Idade Média*. Ivone Castilho Benedetti (trad.). São Paulo: Martins Fontes, 1994, p. 167.
[2] Vale lembrar que a obra de Lucrécio, e particularmente *De natura rerum*, começa a tornar-se conhecida em alguns países da Europa a partir do século XVI, conforme afirma Sergio Bertelli, in *Rebeldes, libertinos y ortodoxos en el barroco*. Marco Aurelio Galmarini (trad.). Barcelona: Península, 1984, p. 86.

Anatomia do monstro 193

compilações ocidentais visando a sistematizar o conhecimento sobre tais criaturas. O ponto de partida de Paré, explicitado no primeiro prefácio à obra, reside na ideia de monstro como "coisas que aparecem contra o curso da natureza". Talvez por julgar excessivamente genérica sua definição inicial, no segundo prefácio datado de 1579, o autor a substitui por "coisas que aparecem além do curso da natureza", estabelecendo ainda uma tênue distinção — que sugere igualmente uma aproximação — entre monstros, prodígios e mutilados.

Ainda assim, na escala estabelecida por Paré as fronteiras que separam os três tipos de criaturas permanecem um tanto turvas: os prodígios são "coisas totalmente contrárias à natureza" e os mutilados

> são cegos, zarolhos, corcundas, coxos ou os que têm seis dedos na mão ou nos pés, ou menos de cinco, ou juntas unidas, ou braços muito curtos, ou o nariz muito encravado como têm os golfinhos, ou os lábios grossos e invertidos, ou fechamento da parte genital das meninas por causa do hímen, ou carnes suplementares, ou que sejam hermafroditas, ou que tenham manchas, ou verrugas, ou lúpias, ou outra coisa contra a natureza.[3]

Além disso, nos três exemplos das coisas que aparecem além do curso da natureza — ou seja, já na segunda definição de monstro —, o autor evoca "uma criança que nasce com um só braço, outra que tem duas cabeças, e outros membros, além do ordinário". Portanto, a indeterminação entre o que é contra, totalmente contrário ou além da natureza parece fazer com que os prodígios e os mutilados retornem aos domínios do monstruoso, reiterando a concepção inicial.[4]

Sabe-se que *Des monstres et prodiges* fazia parte de um compêndio intitulado *De la génération de l'homme*. A obra foi dedicada ao Duque de Uzès, cujo interesse pelos "problemas da geração" parece ter precipitado o volume suplementar que, na dedicatória, Paré apresenta simplesmente como "coletânea de diversos monstros, tanto dos que são produzidos nos corpos de homens e mulheres, quanto outros animais terrestres, marítimos e aéreos".[5] Assim sendo, a própria concepção do livro associa a geração dos monstros à dos seres humanos. Interessa,

---

[3] PARÉ, Ambroise. *Des monstres et prodiges*. Genebra: Droz, 1971, p. 3.
[4] Vale lembrar ainda que à substituição do prefácio não parece ter correspondido qualquer modificação no texto, conforme observou Jean Céard nas notas à *Des monstres et prodiges*, op. cit., p. 151, nota 7.
[5] Idem, ibidem, p. 9.

aqui, notar a reiteração de um motivo que, de Lucrécio a Paré, das fontes mais antigas às mais modernas, talvez possa ser sintetizado numa breve fórmula: o monstro descende do homem.

Figura 3.

* * *

O primeiro capítulo de *Des monstres et prodiges* é inteiramente dedicado ao exame das causas dos monstros. Paré é sucinto:

> As causas dos monstros são várias. A primeira é a glória de Deus. A segunda, sua ira. A terceira, a demasiada quantidade de semente. A quarta, sua quantidade demasiado pequena. A quinta, a imaginação. A sexta, a estreiteza ou pequenez da matriz. A sétima, o assentar-se inconveniente da mãe que, em estado prenhe, permanece sentada durante longo tempo com as coxas cruzadas ou apertadas contra o ventre. A oitava, por queda ou golpe dado contra o ventre da mãe que está prenhe. A nona, por enfermidades hereditárias ou acidentais. A décima, por podridão ou corrompimento da semente. A décima primeira, por mistura ou cruzamento de sementes. A décima segunda, por artifício das más disposições da parteira. A décima terceira, pelos demônios ou diabos.[6]

[6] Idem, ibidem, p. 4.

A classificação de Paré, de grande riqueza tanto do ponto de vista histórico quanto literário,[7] parece centrar-se sobretudo nas causas humanas da geração de monstros, embora o faça emoldurando-as estrategicamente entre Deus, que encabeça a lista, e os demônios, que a fecham. Ora, grande parte das razões enumeradas refere-se especificamente à geração do próprio homem, que, por algum acidente — incapacidade da parteira, posições inconvenientes durante a gravidez, quedas, golpes ou enfermidades —, não teria completado seu curso de forma satisfatória.

Segundo Jean Céard, a noção de monstro proposta no livro circunscreve-se exclusivamente ao uso do homem, sendo portanto esboçada "à medida de sua inteligência". Ciente dos limites da "frágil razão humana", em sintonia com o pensamento de sua época, Paré não teria qualquer ambição de propor uma explicação totalizante. Isso porque, mesmo excetuando-se as razões divinas ou diabólicas que determinam tais criaturas, haveria na ordem natural uma série de operações cujos mecanismos escapariam à compreensão do homem: "esse domínio do oculto, segundo o termo empregado correntemente no século XVI, representa o lugar onde a natureza, no segredo de sua atividade, ocupa-se em produzir efeitos ininteligíveis ao homem, efeitos que Paré nomeia precisamente como monstruosos".

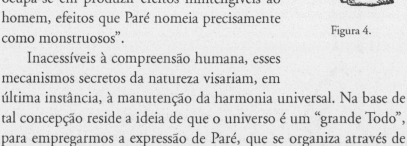

Figura 4.

Inacessíveis à compreensão humana, esses mecanismos secretos da natureza visariam, em última instância, à manutenção da harmonia universal. Na base de tal concepção reside a ideia de que o universo é um "grande Todo", para empregarmos a expressão de Paré, que se organiza através de

---

[7] Inscrita na história, essa justaposição de condições, a princípio incompatíveis, revela aquela disposição de pensamento típica do século XVI que aliava a necessidade de compreender o mundo com os medos mais irracionais, colocando lado a lado as ordenações limitadas e racionais e as enumerações angustiantes de múltiplas possibilidades. Do ponto de vista literário — e com os desdobramentos filosóficos que toda boa literatura engendra — basta nos lembrarmos da conhecida "enciclopédia chinesa" citada por Jorge Luis Borges que remete o leitor aos limites epistemológicos de seu próprio pensamento.

uma trama perfeita de relações e correspondências: assim como "o mundo celeste reflete o mundo dos homens, as ordens inferiores existem como reflexo das ordens superiores". Nesse jogo de equilíbrios e contrastes, as formas monstruosas seriam o reflexo invertido do corpo humano, que, segundo Paré, representa a "mais perfeita obra de Deus, contendo em si a harmonia absoluta das coisas contrárias".

Mas a natureza, observa ainda o autor de *Des monstres et prodiges*, "tende sempre àquilo que é o mais perfeito, e não ao contrário, tornar imperfeito o que é perfeito". É por essa razão que por vezes assiste-se ao caso paradoxal de "certas mulheres que degeneram em homens", no qual o efeito monstruoso é produzido com o objetivo de atingir a perfeição das formas: "como não encontramos jamais uma história verdadeira de algum homem que tenha se tornado mulher, é porque a natureza não tende jamais a engendrar fêmea, mas sempre um macho, como o mais perfeito", reitera o autor.[8]

Figura 5.

A tópica nos remete novamente às relações entre os monstros e a mutilação dos corpos. Paré conhecia a tese aristotélica de que a mulher é um homem mutilado, como comprovam suas citações do livro sobre a *Geração dos animais*. Considerando a supremacia do sêmen masculino na geração, Aristóteles concebe a forma ideal como reprodução idêntica de seu protótipo: quanto maior a distância do modelo original, maior será a imperfeição. O primeiro grau dessa diferença — que nos monstros chegaria ao estágio máximo — seria dado na formação de um indivíduo feminino em vez do masculino. A anatomia da mulher revelaria, assim, uma realização inacabada da natureza e, embora necessária, imperfeita.

---

[8] CÉARD, Jean. "Introdução", in *Des monstres et prodiges*, op. cit., pp. 33, 39 e 41.

Ora, tanto na hipótese genética de Aristóteles como na de Paré, a mulher contém em si o mesmo princípio de incompletude que caracteriza os monstros. Entre a anatomia feminina e as formas monstruosas haveria tão somente uma diferença de grau, não de essência: a produção de uma fêmea seria, desse modo, o primeiro passo — ou o primeiro desvio da natureza — no caminho da formação de criaturas imperfeitas. Seguindo essa hipótese, não seria equivocado formular uma segunda suposição: o monstro descende da mulher.

* * *

Monstro feminino por excelência, a esfinge que figura no mito de Édipo pode ser interrogada a partir dessas considerações sobre as criaturas teratológicas. Por tratar-se de um monstro fundante da nossa cultura, não deixa de ser digno de nota o fato de que, nas diversas interpretações do mito, ela é frequentemente eclipsada pelo herói que a derrota.

Segundo a interpretação clássica de Hegel, no pensamento ocidental Édipo representa a metáfora do homem que toma consciência de si, realizando os desígnios da célebre inscrição grega, "conhece-te a ti mesmo". Ao responder à interrogação enigmática da esfinge, lançando-a ao abismo, o herói vence a opacidade das formas monstruosas projetadas pelo espírito nas quais "subsiste o respeito diante da interioridade obscura e obtusa da vida animal que resiste à reflexão".[9]

Os seres ambíguos e misteriosos da arte egípcia constituem, ainda segundo o filósofo alemão, o discurso enigmático por excelência; nelas é o próprio espírito que surge como monstruoso, participando ao mesmo tempo das qualidades humanas e animais: "tem-se a impressão de que o espírito humano deseja se livrar da força brutal e obtusa sem conseguir romper por completo os laços que o unem e reúnem àquilo que ele não é". Por isso, os monstros encontrados nos antigos símbolos egípcios "contêm implicitamente muito, explicitamente pouco", ou seja, "são trabalhos que foram realizados com o objetivo

---

[9] HEGEL, G.H.F. *Esthétique*, tomo II. S. Jankélevich (trad.). Paris: Aubier, 1944, p. 163. Retomo nessa tópica, com modificações, uma passagem de meu livro *O corpo impossível — A decomposição da figura humana de Lautréamont a Bataille*. São Paulo: Iluminuras, 2002, pp. 121-3.

de obter conhecimentos sobre si mesmo, mas que permaneceram a meio caminho desse objetivo".[10]

Na medida em que a esfinge faz do símbolo um enigma, ela concentra a essência mesma do simbolismo, evocando um estágio do pensamento em que as formas ambivalentes e obscuras ainda não teriam sido superadas. Se interroga o espírito é porque ela mesma, na qualidade de monstro, se constitui enquanto um enigma: inferior ao conceito, o símbolo revelaria uma ambiguidade de base, manifesta numa busca de consciência que não se completa e, dessa forma, reitera o mistério subjacente à vida animal. Nesse sentido, a esfinge representaria o oposto de Édipo: ela é hostil ao homem e à humanidade.

Ora, quando Édipo destrói a esfinge, não é apenas o monstro em si que sucumbe ao espírito humano, mas tudo aquilo que ele representa enquanto "símbolo do simbolismo", conforme precisou Hegel. Com esse ato, o herói supera o estágio simbólico para elevar-se ao plano conceitual do pensamento. Ao eliminar as formas monstruosas, inadequadas à vida humana, ele conquista "um conhecimento que só se obtém pelo espírito": a consciência de si resulta de um processo de depuração das formas que parte da negação da animalidade. Não se trata, pois, de um homem que alarga suas fronteiras compartilhando a mesma natureza dos animais, mas o contrário: Édipo funda um domínio próprio e exclusivo no qual "o espírito recebe uma existência sensível e natural que lhe é adequada".[11]

Nada mais distante das formulações de Hegel que o Édipo evocado pela mitologia surrealista. Aliás, o que efetivamente resta do herói grego no imaginário surreal é muito pouco: embora presente com alguma frequência nas colagens de Max Ernst e nas gravuras de Kurt Seligmann, não raro numa atitude esquiva e receosa, sua aparição é sempre eclipsada pela esfinge. Reduzido à galeria dos símbolos mais corriqueiros da modernidade — como confirma o título de uma colagem de *La femme 100 têtes*, "A esfinge e o pão de cada dia visitam o convento"[12] — Édipo ocupa ali uma posição insignificante, contrariando a ênfase dada a ele no pensamento moderno.

---

[10] Idem, ibidem, p. 72.

[11] Idem, ibidem, p. 151.

[12] ERNST, Max. "La femme 100 têtes", in *Escrituras*. Pere Grimferrer e Alfred Sargatal (trads.). Barcelona: Polígrafa, 1982, p. 140.

Antes de tudo, aos olhos dos surrealistas o vencedor da esfinge figura como o grande precursor de um despotismo masculino que tem, como corolário, o triunfo da razão e da consciência de si sobre o caos primitivo. Isso bastaria para colocá-lo às margens de uma mitologia que exalta a figura feminina como signo augural do "espírito novo".

À reabilitação da esfinge na cosmologia surreal corresponde a condenação definitiva de Édipo: "eu sempre me admirei" — diz Breton numa entrevista — "com a insignificância daquela interrogação diante da qual Édipo assume grandes ares... Mas ela nos leva ao coração do mito grego, mais precisamente a uma das primeiras maquinações que tendem a persuadir o homem de que ele é o senhor da sua situação, que nada pode superar seu entendimento ou bloquear seu caminho, a envaidecê-lo, enfim, fazendo-o valer-se dos meios de elucidação dos quais dispõe, à custa de lhe ocultar o sentido de seu próprio mistério".[13]

Muito mais mobilizador que o suposto enigma decifrado por Édipo, é no tríptico polinésio de Gauguin — "De onde viemos? Quem somos? Para onde vamos?" — que os surrealistas encontram as autênticas interrogações humanas: "Nessa tripla questão reside o único enigma verdadeiro diante do qual aquele colocado pela lenda na boca da esfinge torna-se uma formulação ridícula". Mais ainda: longe de pretender dar uma resposta à questão como fez o herói grego, a regra geral do grupo sempre foi, como observou Vitrac, "recusar-se a qualquer expediente que deixe de provocar a interrogação inesgotável da esfinge e manter-se na situação de adivinhá-la".[14]

Manter o estado de interrogação significa manter o mistério das formas monstruosas. Trata-se, portanto, de retornar ao símbolo para conservar intacto o caos primitivo da selva mental de onde surgem os monstros. Entendem-se, portanto, as razões pelas quais o grande herói do pensamento moderno é, aqui, reduzido à bagatela de "pão de cada dia" e a simulacro de si mesmo. Diante disso, não causa surpresa o fato de Édipo jamais aparecer em pé na iconografia surrealista, mas sempre sob uma forma amputada ou mortificada. É significativo ainda que a transmutação moderna do herói mantenha uma só característica

[13] Idem, ibidem, p. 210.
[14] Citado por Maillard-Chary, *Le bestiaire des surréalistes*. Paris: Presses de la Sorbonne Nouvelle, pp. 210-1.

da figura mítica original: o corpo mutilado, que o faz retornar ao primado do monstruoso.

* * *

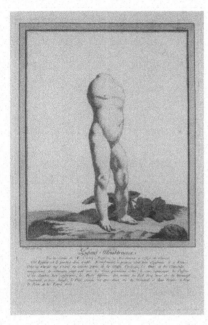

Figura 6.

Nunca é demais lembrar que a associação entre Édipo e o monstro, que aproxima o herói da esfinge, já se faz presente no próprio mito original. Se atentarmos ao fato de que, em diversas classificações, os mutilados e deformados são considerados criaturas teratológicas, somos obrigados a colocar em evidência justamente aquilo que se oculta na tese de Hegel: Édipo porta uma deformação de origem que, inclusive, determina seu nome, significando "pés inchados". A ela vem se acrescentar, como se sabe, uma mutilação definitiva que ocorre quando ele arranca os próprios olhos e se torna cego. Em outras palavras: no sentido inverso à interpretação hegeliana, essa aproximação sugere que ninguém — nem mesmo o herói fundante da nossa cultura — escapa dos domínios do monstruoso.

Em artigo dedicado ao tema, Georges Bataille parte de uma obra publicada em 1561 — as *Histoires prodigieuses* de Pierre Boaistuau, um contemporâneo de Paré — para dizer que "entre as coisas que podem ser contempladas sob a concavidade dos céus, nada se vê que mais desperte o espírito humano, que mais seduza os sentidos, que mais aterrorize, que mais provoque nas criaturas admiração ou terror que os monstros, os prodígios e as abominações através dos quais as obras da natureza são vistas invertidas, mutiladas e truncadas".[15] O texto vem

---

[15] BATAILLE, Georges. "Les écarts de la nature", in *Œuvres complètes*, tomo I. Paris: Gallimard, 1970, p. 228.

acompanhado de seis gravuras extraídas de um compêndio teratológico do século XVIII, nas quais se veem imagens de irmãos siameses unidos pelo crânio, de uma criatura composta de dois corpos e um só rosto, ou de um anão cujas mãos e pés saem diretamente do tronco.

Bataille vale-se das teses renascentistas para propor que a teratologia humana nada mais é que um prolongamento das formas anatômicas naturais. Na medida em que "a responsabilidade de tais desvios, embora sejam considerados contranatureza, é indiscutivelmente da natureza", os monstros biológicos deixam de ser uma alteridade absoluta da figura humana para evidenciarem sua inevitável ameaça interna. E é por essa razão — posto que a "dialética das formas" se inscreve na própria natureza — que, "de uma forma ou de outra, de uma época à outra, a espécie humana não consegue manter-se indiferente diante de seus monstros".

Considerado na sua particularidade, cada rosto humano seria, no limite, monstruoso: assim como o ideal de beleza "estaria à mercê de uma definição tão clássica como a de medida comum", continua o autor, "os monstros estariam situados em oposição à regularidade geométrica, tal como ocorre nas formas individuais, embora de um modo irredutível".[16] Regularidade geométrica que, sem dúvida, equivale aos ideais abstratos sem possibilidade de realização concreta na humanidade: diante de "seus monstros", a figura humana se decompõe irremediavelmente para oferecer ao homem a sua imagem informe, imperfeita e irremediavelmente monstruosa.

Figura 7.

Ora, as considerações de Bataille sobre os "desvios da natureza" são interessantes justamente porque vêm perturbar o predomínio de Édipo em detrimento da esfinge, reiterando a crítica dos surrealistas.

[16] Idem, ibidem, pp. 229-30.

A partir dessa concepção, a diferença entre o herói e o monstro, na qual Hegel supõe uma hierarquia, poderia ser formulada nos seguintes termos: sendo homem do conceito, o domínio de Édipo é o da ideia, que opera por abstrações e compõe ideais; já a esfinge evoca o simbolismo, cujo domínio é o do imaginário, mais próximo do pensar poético e artístico por operar com imagens. Cumpre lembrar também que, enquanto o herói representa o universal, o monstro obedece apenas ao imperativo do detalhe, reiterando sua irredutibilidade às abstrações.

Figura 8.

Interessa sublinhar, no pensamento batailliano, a suposição de que o monstro é hostil à ideia de humanidade não só por representar o simbolismo, mas sobretudo por permanecer circunscrito ao campo do particular. Assim, se o pensamento abstrato não consegue dar conta dos seres monstruosos, isso ocorre porque ele sempre opera no sentido de homogeneizar diferenças, na tentativa de reconhecer a universalidade. Da mesma forma, o ideal de Édipo, que segundo Hegel diria respeito ao gênero humano, supõe um ser genérico, alheio a toda e qualquer particularidade.

Cada monstro é, na concepção de Bataille, um degenerado. Isso significa que ele não pertence a gênero algum, só podendo ser compreendido como criatura absolutamente única. Trata-se, portanto, de um ser que resiste às generalizações para reivindicar uma coincidência plena entre sua identidade e sua existência concreta. Essa seria, a princípio, a diferença capital entre Édipo e a esfinge. Contudo, o que o monstro parece insinuar ao herói da mitologia grega, se nos dispusermos a escutar seus enunciados enigmáticos, é que a diferença entre ambos pode não ser tão grande como parece: os pés inchados e os olhos enucleados também fazem de Édipo uma singularidade. Em resumo: não há homem concreto que responda de forma absoluta ao ideal abstrato e genérico de "homem".

Ora, avançando na linha de raciocínio de Bataille, talvez se possa dizer que a aproximação entre o monstro e a mulher se inscreve justamente numa perspectiva de demarcação das diferenças que singularizam cada ser. Possibilidade rara no mundo contemporâneo, onde se investe cada vez mais nas "particularidades coletivas" — como raça, etnia, gênero — e se reserva pouca atenção ao que é efetivamente singular e irredutível ao todo.

Figura 9.

Cabe portanto lembrar que o princípio de incompletude, manifesto nas mulheres e nos monstros, implica um espaço em branco, tal qual uma pergunta sem resposta, que abre a cada sujeito a perspectiva de ser único. Associada às qualidades das criaturas teratológicas, a falta que identifica genericamente o feminino deixa, nesse caso, de ser a hipotética medida comum ao gênero para expressar a inesgotável potência do particular.

Figura 10.

Mulheres, mutilados ou monstros, as figuras da incompletude que povoam nossos universos concretos e imaginários vêm atestar que cada um de nós é, sem exceção, um "desvio" em relação ao suposto homem genérico e universal — e que, nessa qualidade, cabe a cada qual a aventura sensível de uma existência própria. Se dermos ouvidos às interrogações colocadas pela esfinge num mundo ainda dominado pelas respostas de Édipo, talvez seja possível redefinir a ideia de humano para então nos reencontrarmos — sendo monstros.

Obs.
Figuras 1 a 5 - Ilustrações originais do livro *Des monstres et prodiges*, de Ambroise Paré.
Figuras 6 a 10 - Ilustrações originais do artigo "Les écarts de la nature", de Georges Bataille.

"E todo resto é literatura"

A literatura, disse André Breton numa frase que se tornaria célebre, "é um dos mais tristes caminhos que levam a toda parte".[1] Libertar as palavras das suas lamentáveis rotas habituais, que haviam reduzido a escrita a uma coleção de "alibis literários", foi uma tarefa à qual os surrealistas se entregaram com obstinação. Porém, desde os primórdios de sua história, quanto mais diziam afastar-se da literatura, mais e mais eles pareciam trabalhar a seu favor.

Já nos chamados anos de formação do movimento, que antecederam o aparecimento do primeiro *Manifesto*, o grupo que se reunia em torno de Breton fundou uma revista com o significativo nome de *Littérature*. Lançada em março de 1919, sob a tríplice direção de Breton, Louis Aragon e Philippe Soupault, ela se tornou a porta--voz desses escritores até 1924, ano da fundação oficial do surrealismo. Com 33 exemplares editados nesses cinco anos, a revista modificaria profundamente a sensibilidade da época, sendo hoje reconhecida como a mais radical publicação da vanguarda parisiense.

Foi Paul Valéry quem sugeriu o nome da revista. O poeta, que conhecera Breton em 1914, acompanhava então com simpatia as atividades provocativas daquele grupo de jovens escritores que se insurgia contra as convenções literárias vigentes na época. Desconfiados da euforia reinante no pós-guerra, marcada por forte espírito patriótico e nacionalista, os futuros surrealistas denunciavam o preciosismo dos bem-falantes, postulando que já não era mais possível escrever como antes. Condenada pelo que tinha de conveniente — e, portanto, de burguês —, a literatura era colocada em questão.

Nesse contexto, *Littérature* era um título exorcista. Acatado pelo grupo, ele foi investido de uma ironia cuja radicalidade ultrapassava

[1] BRETON, André. "Manifeste du Surréalisme", in *Œuvres complètes*, tomo I. Paris: Gallimard, 1988, p. 332. (Bibliothéque de la Pléiade)

em muito os propósitos da sugestão original. Em suas entrevistas com André Parinoud, publicadas em 1952, Breton esclareceu tal diferença:

> Valéry sugeriu este título, que para ele já estava carregado de ambivalência, em razão do último verso de "L'art poétique" de Verlaine: "e todo resto é literatura". No seu ponto de vista — o do intelecto — ele não podia deixar de ser mais favorável a esta "literatura" de "todo o resto" do que aquilo que Verlaine pretendia lhe opor, mas ria escondido e a perversidade seguramente não estava ausente de seu conselho. No que nos concerne, se adotamos essa palavra como título, é como antífrase e num espírito de brincadeira do qual Verlaine já não participa mais.[2]

Por certo, o espírito de brincadeira ao qual alude Breton faz referência à iconoclastia dadá. Mas o severo julgamento que os editores da revista manifestavam em relação à literatura já caminhava em paralelo a uma forte disposição no sentido de explorar a linguagem de um outro modo. Em "Les champs magnétiques", que seria publicado no primeiro número da *Littérature*, Breton e Soupault deixavam claro seu "louvável desprezo" por qualquer efeito que fosse considerado literário. Porém, mais que mera negação de espírito dadá, o texto já se apresentava como resultado de uma nova experiência em termos de escrita: elaborada em condições especiais, essa composição a quatro mãos foi criada em apenas quinze dias num café do *boulevard* Saint--Germain, onde os autores passavam de oito a dez horas por dia escrevendo até a exaustão, sem observar qualquer preocupação de ordem lógica.

A rigor, *Littérature* marca a passagem do dadaísmo para o surrealismo. Embora inicialmente alternasse textos de inspiração dadá com outros de tendência mais propriamente surreal, a partir de 1922 a revista começa a se afastar dos propósitos do movimento capitaneado por Tzara. Suas divergências com Breton, que culminam num rompimento, deixam o grupo à vontade para explorações mais sistemáticas de escrita automática, cada vez mais identificada como "surrealismo": com efeito, nesse mesmo ano, quando a palavra aparece pela primeira vez na *Littérature*, ela já surge associada a "um

---

[2] Citado no verbete "Littérature (revue)", in Jean Paul Clébert, *Dictionnaire du Surréalisme*. Paris: Seuil, 1996, p. 342.

determinado automatismo psíquico que corresponde perfeitamente ao estado de sonho", conforme propõe Breton em "Entrée des médiums".[3]

Aos olhos do grupo, a escrita automática surgia como a grande alternativa à literatura. Uma vez descoberta, ela se tornou a palavra de ordem surrealista, abrindo a possibilidade do exercício da escrita fora dos parâmetros indesejáveis de qualquer linguagem que fosse considerada "literária". Com ela, o título da revista deixava de ser simplesmente ambíguo, como queria Valéry, para cumprir de forma plena sua vocação de antífrase.

Vista *a posteriori*, porém, a oposição entre escrita automática e literatura efetivamente não dá conta da produção textual do movimento. Antes de tudo porque os livros mais importantes do grupo, escritos nos anos 1920, não podem ser considerados propriamente surreais, no sentido de "ditados automáticos". Eram, a rigor, textos *sobre* o surrealismo, como evidenciam as leituras de *O camponês de Paris* (1926) de Aragon e *Nadja* (1928) de Breton, que, a par da coletânea de poemas *Capitale de la douler* (1926) de Éluard, compõem a chamada "Bíblia surrealista".

A bem da verdade, os membros do movimento publicaram poucos textos automáticos, mesmo na época em que esse tipo de escrita estava em voga entre eles. Embora um significativo número de escritores tenha realmente se dedicado às experiências do automatismo, a maior parte de seus cadernos ficou guardada em segredo. Nesse sentido, "Les champs magnétiques" figura, ao lado de "Poisson soluble" de Breton, como uma notável exceção.

Motivados pelo automatismo ou não, os surrealistas nunca deixaram de escrever. Mesmo se contarmos apenas aqueles anos de formação do movimento, a produção escrita legada pelo surrealismo surpreende por sua extensão. Por volta de 1924, além de Breton, Aragon e Soupault, outros colaboradores da *Littérature*, como Paul Éluard e Robert Desnos, já eram escritores reconhecidos, com diversos livros publicados e uma promissora carreira "literária" pela frente. Além disso, Aragon — que secretamente continuava escrevendo romances — e Breton atuavam igualmente como ensaístas, produzindo artigos

---

[3] BRETON, André. "Entrée des médiums", in *Œuvres complètes*, tomo I, op. cit., p. 274.

Eliane Robert Moraes

e crônicas que levavam a público as ideias subversivas do grupo. Em suma, como já observou Michel Beaujour, "era impossível ultrapassar a literatura, na medida em que a literatura desempenhava um papel necessário para se anunciar a boa-nova de que a literatura tinha sido superada por algo que se intitulava surrealismo".[4]

Não lhes restava outra opção senão retornar continuamente à literatura, nem que fosse pelo avesso. Leitores assíduos, os membros do grupo se entregavam com frequência à tarefa de reordenar o cânone literário para constituir um catálogo de surrealistas *avant la lettre*. Sob o título *Erutarettil* — no qual se lia a palavra *Littérature* de trás para a frente — a revista publicou em 1923 uma lista de autores, cuja importância para o movimento era assinalada segundo o tamanho das letras empregadas. Entre os mais cotados estavam Lautréamont, Sade, Baudelaire, Young, Swift, Baffo, Lewis e Apollinaire.

Essa lista de preferências literárias seria revista e corrigida diversas vezes ao longo da história do movimento. Em 1931, por exemplo, ela foi publicada como declaração coletiva do grupo, nas costas de um catálogo da livraria José Corti que trazia duas colunas prescrevendo o que devia e o que não devia ser lido. *Lisez/Ne lisez pas* opunha nomes como o de Nerval, Roussel e Arnim ("leia") aos de Lamartine, Peguy e Hoffmann ("não leia"), estabelecendo um *corpus* de autores no qual até mesmo inspiradores do movimento como Valéry e Verlaine eram descartados, em função de Vaché e de Rimbaud.

Leitores incansáveis, esses escritores inveterados jamais deixaram de frequentar a literatura, fazendo dela o celeiro de suas inquietações. Afinal, não são poucas as evidências de que Breton e seus amigos, apesar de toda a sua provocação, também estavam a serviço da literatura. Diante delas, o veto radical do grupo ao que quer que fosse "literário" chega a parecer contraditório, exigindo um novo esforço de revisão por parte de seus intérpretes.

* * *

Entre os críticos que se dedicaram a refletir sobre o surrealismo, Maurice Blanchot é por certo quem melhor soube interpretar essa

[4] BEAUJOUR, Michel. "From text to performance", in Dennis HOLLIER (ed.), *A New History of French Literature*. Cambridge: Harvard University Press, 1989, p. 867.

contradição. Num dos artigos incluídos em *A parte do fogo*, o autor toca no ponto central da questão ao dizer que, apesar das suas furiosas invectivas, "o surrealismo aparece principalmente como uma estética e se mostra primeiramente ocupado com as palavras", perguntando a seguir: "Seria uma inconsequência, uma fraqueza de literatos envergonhados de ser o que são?".[5]

Não, responde Blanchot, observando que essa aparente inconsequência se explica pela fidelidade do grupo à sua própria concepção da linguagem. Para ele, ao postular que o pensamento podia ser expresso sem qualquer mediação, como está suposto na escrita automática, o surrealismo se voltava para as manifestações instantâneas da consciência, desfazendo a opacidade das palavras. Nessa continuidade absoluta entre o pensamento e sua expressão, a linguagem desaparece como instrumento, mas por ter se tornado sujeito, como propõe o autor.

Tal seria o sentido maior da proposta de "liberar" as palavras que, segundo Blanchot, o movimento capitaneado por Breton teria realizado em duas direções. De um lado, na tentativa de aproximar a linguagem e a liberdade humana até o ponto de transformá-las na mesma coisa: "penetro na palavra, ela guarda minha marca e é minha realidade impressa; adere à minha não aderência".[6] De outro, no reconhecimento de que havia uma espontaneidade própria das palavras, de tal forma que elas poderiam se liberar por si mesmas, independentes das coisas que expressam, agindo por conta própria e recusando a simples transparência.

Ora, continua o autor, esse duplo sentido permite uma compreensão mais aguda das razões pelas quais Breton e seus amigos insistiam em manter solidamente ligadas duas tendências a princípio inconciliáveis: "Nada de literatura e, no entanto, um esforço de pesquisa literária, um cuidado de alquimia figurada, uma atenção constante para os processos e as imagens, a crítica e a técnica".

Persistindo nessa ambiguidade, os surrealistas foram levados tanto a desprezar a escrita em função da vida quanto a afirmar sua importância no próprio ato de viver: "escrever é um meio de

---

[5] BLANCHOT, Maurice. "Reflexões sobre o surrealismo", in *A parte do fogo*. Ana Maria Scherer (trad.). Rio de Janeiro: Rocco, 1997, p. 93.
[6] Idem, ibidem, p. 91.

experiência autêntica, um esforço mais do que válido para dar ao homem a consciência do sentido de sua condição".[7]

Reiterava-se, assim, uma ideia fundamental do movimento que estava na base de sua concepção de linguagem: a de que haveria certo ponto do espírito em que as antinomias deixariam de ser percebidas contraditoriamente, possibilitando um retorno à unidade profunda entre a percepção e a representação. Fiéis a essa concepção, os membros do grupo tiraram dessa descoberta "as mais brilhantes consequências literárias e, para a linguagem, os efeitos mais ambíguos e mais variados", afirma Blanchot.[8] Por isso, ao lembrar que a primeira revista daqueles que viriam a se tornar surrealistas se intitulava *Littérature*, o crítico desautoriza as palavras do próprio mentor do movimento para concluir que não se tratava de antífrase.

Certamente não o era. Se, no tempo forte do surrealismo, Breton havia reduzido toda a atividade literária a "um triste caminho", mais tarde, por ocasião de um balanço do movimento, ele não foi menos categórico sobre o automatismo: "a história da escrita automática no surrealismo seria, não tenho medo de afirmar, a de um contínuo infortúnio".[9] Porém, mais que uma coincidência entre o triste destino de uma e a infeliz história da outra, o que restava no horizonte da linguagem ainda mantinha viva a paixão dos surrealistas pela escrita: a promessa de encontrar um ponto em que "as palavras fariam amor". Haveria maior voto de fé que esse na literatura?

[7] Idem, ibidem, pp. 93 e 94.
[8] Idem, ibidem, p. 93.
[9] BRETON, André. "Second manifeste du surréalisme", in *Œuvres complètes*, tomo I, op. cit., p. 810.

Referências dos textos

Os ensaios e resenhas deste livro foram publicados originalmente em:

A ingenuidade de um perverso
Publicado em francês, com o título "L'ingénuité d'un pervers: langage, enfance et érotisme chez Nabokov", in DUMOULIÉ, Camille e RIAUDEL, Michel (orgs.). *Le corps et ses traductions.* Paris: Éditions Desjonquères, 2008, pp. 140-52.

Um olho sem rosto
Prefácio ao livro de BATAILLE, Georges. *História do olho.* Eliane Robert Moraes (trad.). São Paulo: Cosac Naify, 2003, pp. 7-20. (Col. Prosa do Mundo)

Varas, virgens e vanguarda
Publicado com o título "Apollinare: a erótica no modernismo". Apresentação ao livro de APOLLINAIRE, Guillaume. *As onze mil varas.* Hamilton Trevisan (trad.). Salvador: Álgama, 1999, pp. 9-17.

O conhecimento do erro
Publicado com o título "Bordéis, bordéis, bordéis", in *Jornal de Resenhas*, Discurso Editorial / USP / Unesp / *Folha de S.Paulo*, São Paulo, 12 jul. 1997, p. 7.

O abecedário da perversão
Folha de S.Paulo, São Paulo, 6 ago. 1999, p. Especial-4. Caderno Inéditos!

Inventário do abismo
Apresentação ao livro de SADE, Marquês de. *120 dias de Sodoma ou a escola da libertinagem.* Alain François (trad.). São Paulo: Iluminuras, 2006, pp. 9-12.

O vício em duas versões
Reúne dois textos: "Recompensas do vício", in *Jornal do Brasil*. Rio de Janeiro, n. 202, 11 ago. 1990, p. 9. Caderno Ideias, Livros & Ensaios; e "As ambiguidades de Laclos", in *Folha de S.Paulo*, São Paulo, 6 jul. 1997, pp. 5-12. Caderno Mais!

O filósofo bacante

Jornal do Brasil, Rio de Janeiro, n. 298, 13 jun. 1992, p. 5. Caderno Ideias, Livros & Ensaios.

O efeito obsceno

Cadernos Pagu. Núcleo de Estudos de Gênero — Pagu. Campinas, Unicamp, v. 20, 1º semestre de 2003, pp. 121-30.

Eros canibal

Publicado com o título "Mitos indígenas vão do canibalismo à autofagia". *O Estado de S. Paulo*, São Paulo, 7 dez. 1997, p. D3. Caderno Especial de Domingo: Livros.

A ética de um perverso

Jornal de Resenhas, Discurso Editorial / USP / Unesp / *Folha de S.Paulo*, São Paulo, 9 out. 1999, p. Especial-4.

Breton diante da esfinge

Apresentação ao livro de BRETON, André. *Nadja*. Ivo Barroso (trad.). São Paulo: Cosac Naify, 2007, pp. 7-15. (Col. Prosa do Mundo)

Amor, sentimento estranho

Publicado com o título "Paz reatualiza utopia amorosa surrealista". *O Estado de S. Paulo*, São Paulo, ano 15, n. 754, 11 fev. 1995, p. Q1. Caderno Cultura.

Vestígios de uma ausência

Publicado com o título "O que deixou de acontecer", *Jornal de Resenhas*, Discurso Editorial / USP / Unesp / *Folha de S.Paulo*, São Paulo, 11 out. 1997, p. 9.

A química do amor romântico

Jornal do Brasil, Rio de Janeiro, 7 nov. 1992, p. 3. Caderno Ideias, Livros & Ensaios.

Devaneios de um amante solitário

Publicado com o título "Stendhal, o amante rejeitado", *Folha de S.Paulo*, São Paulo, 13 jun. 1993, pp. 6-11. Caderno Mais!

As liras de Eros

Reúne dois textos: "Poemas e fragmentos", originalmente orelha do livro de SAFO DE LESBOS, *Poemas e fragmentos*. Joaquim Brasil Fontes (trad.). São Paulo:

Iluminuras, 2003; "As metáforas do erotismo ocidental", *Jornal do Brasil*, Rio de Janeiro, n. 199, 21 jul. 1990, p. 5. Caderno Ideias, Livros & Ensaios.

Um escritor na arena

Publicado com o título "A tourada como tragédia", *Jornal de Resenhas*. Discurso Editorial / USP / Unesp / Unicamp / UFMG / *Folha de S.Paulo*, São Paulo, 13 jun. 2002, p. Especial-4.

A mecânica lírica das marionetes

Jornal de Resenhas. Discurso Editorial /USP / Unesp /*Folha de S.Paulo*. São Paulo, 11 jul. 1998, p. Especial-4.

Memórias do luto

Jornal de Resenhas. Discurso Editorial / USP / Unesp / *Folha de S.Paulo*, São Paulo, 9 dez. 2000, pp. Especial-4-5.

As armadilhas da literatura

Publicado como *A máquina do universo*. *Folha de S.Paulo*, São Paulo, 25 out. 1998, pp. 5-8. Caderno Mais!

O viajante sedentário

Jornal do Brasil, Rio de Janeiro, n. 144, 1 jul. 1989, pp. 10-1. Caderno Ideias, Livros & Ensaios.

A lucidez insensata

Publicado com o título "A lucidez de Blanchot", *Jornal de Resenhas*. Discurso Editorial / USP / Unesp / *Folha de S.Paulo*, São Paulo, 14 nov. 1998, p. Especial-2.

A medida do impossível

Publicado com o título "Georges Bataille afirma seu misticismo sem Deus", *Folha de S.Paulo*, São Paulo, 30 maio 1993, pp. 6-8. Caderno Mais!

Dois pensamentos e um jardim

Publicado com o título "O jardim secreto: notas sobre Bataille e Foucault", *Tempo Social, Revista de Sociologia da USP*, v. 7, n. 1-2, out. 1995, pp. 21-9.

Palavra e desrazão

Publicado com o título "A palavra insensata", Revista *Cult*, São Paulo, ano VI, v. 81, jun. de 2004, pp. 49-52.

Anatomia do monstro
In BUENO, Maria Lúcia; CASTRO, Ana Lúcia (orgs.). *Corpo, território da cultura*. São Paulo: Annablume, 2005, pp. 13-25.

"E todo o resto é literatura"
Revista *Cult*, São Paulo, ano V, v. 50, 2001, pp. 52-4.

Sobre a autora

ELIANE ROBERT MORAES é professora de Literatura Brasileira na Faculdade de Filosofia, Letras e Ciências Humanas (FFLCH) da Universidade de São Paulo (USP), e pesquisadora do CNPq. Entre suas publicações destacam-se diversos ensaios sobre o imaginário erótico nas artes e na literatura, e a tradução da *História do olho* de Georges Bataille (Cosac Naify, 2003). Publicou, entre outros, os livros: *Sade — A felicidade libertina* (Imago, 1994), *O corpo impossível — A decomposição da figura humana, de Lautréamont a Bataille* (Iluminuras/ Fapesp, 2002), e *Lições de Sade — Ensaios sobre a imaginação libertina* (Iluminuras, 2006).

CADASTRO
ILUMINURAS

Para receber informações
sobre nossos lançamentos e
promoções envie e-mail para:

cadastro@iluminuras.com.br

Este livro foi composto em Garamond pela *Iluminuras* e terminou de ser impresso em junho de 2018 nas oficinas da *Meta Brasil gráfica*, em São Paulo, SP, em papel off-white, 80 gramas.